COLLECTION

DE CONTES

ET

NOUVELLES

de Pfeffel.

TOME QUATRIÈME.

À PARIS,

À LA LIBRAIRIE NATIONALE ET ÉTRANGÈRE,
rue Mignon, n° 2, faub. St. Germain.

1825.

CONTES

ET

NOUVELLES.

Cet ouvrage se trouve aussi chez les libraires
ci-après :

Lecointe et Durey, quai des Augustins, n° 49 ;
Masson, rue Hautefeuille , n° 14 ;
Béchet aîné, quai des Augustins, n° 57 ;
Volland, même quai, n° 17 ;
Delaunay, au Palais-Royal ;
Dondey-Dupré, rue de Richelieu, n° 67.

IMPRIMERIE DE J. MAC CARTHY,
rue dés Petites-Ecuries, n. 47.

COLLECTION

DE

CONTES

ET

NOUVELLES

de Pfeffel.

TRADUITS DE L'ALLEMAND.

TOME IV.

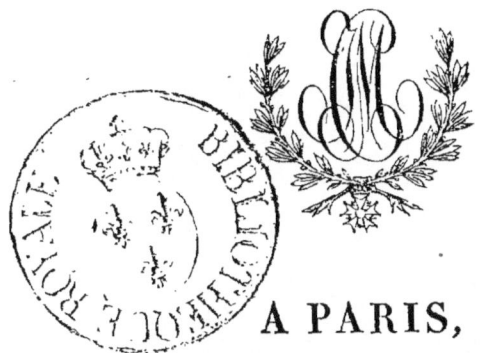

A PARIS,

CHEZ L'ÉDITEUR, A LA LIBRAIRIE NATIONALE
ET ÉTRANGÈRE,

Rue Mignon, n° 2, faub. St.-Germain.

1825.

ADOLPHE

ET

ROSETTE.

—◆—

LETTRE PREMIERE.

ADOLPHE A ROSETTE.

—

Trois grands jours se sont écoulés depuis ton départ, chère Rosette! ce sont les seuls de ma vie dont j'aie compté les heures. Dès mon lever je descends à notre petit jardin, d'où mes regards s'élèvent tristement vers les fenêtres de ta chambre, et je vais saluer le pied d'œillet que tu as cul-

tivé avec tant de soins. Dimanche
dernier encore tu en plaças la plus
belle fleur sur mon sein; maintenant
c'est Charlotte qui le soigne et l'àr-
rose matin et soir, mais Charlotte,
ma bonne Charlotte n'est pas ma Rosette. Dès que l'horloge a sonné sept
heures, nous nous rassemblons pour
le déjeuner , et déjà deux fois j'ai
placé une chaise pour ma bonne Rosette; mais la chaise demeura va-
cante, et mon père jeta sur moi un
regard où la compassion se mêlait à
la sévérité. La première fois je soupirai, la seconde il me fallut rougir.
A table je bois dans le verre de Rosette, et je noue ma serviette avec le
ruban vert sur lequel elle a brodé
son chiffre. Est-il bien vrai, Rosette,
que le vert soit la couleur de l'espérance? Mais tu m'as permis d'espérer; tu as fait plus, tu m'as permis

de solliciter ta main dès que j'aurais obtenu la survivance de là place de mon père. La réponse du consistoire se fait toujours attendre, quoique le rapport de notre bon pasteur m'ait été favorable. Il me dit hier que la décision pourrait bien être ajournée, parce que mon père n'est ni vieux ni infirme : ce fut pour moi un coup de foudre. Ma Rosette est encore jeune, il est vrai, mais elle est fille unique ; son père est un des plus riches agriculteurs de notre contrée ; il fait grand cas de sa richesse, et il désirera peut-être avoir pour gendre un bailli ou un conseiller de la chambre. Voilà sa fille de retour sous le toit paternel ; les prétendans se présenteront en foule, et son pauvre Adolphe..... Mais non ! Rosette m'a promis de n'être à personne si elle ne peut être à moi. Pardonne à mes craintes, chère amie; celui qui possède un objet précieux tremble sans cesse de le perdre, quand même il le porterait jour et nuit sur lui. A propos de perdre, il faut que je te dise que tu as oublié d'emporter ton cahier de musique ; Charlotte l'a trouvé hier dans ton armoire. Tu peux bien penser que je ne l'ai pas laissé entre ses mains. Je m'en emparai, je courus vite au clavecin, et j'y jouai toutes tes ariettes favorites, surtout celle qui nous est si chère (1).

---

(1) Sur le sein ouvert à demi
De la rose qui vient d'éclore,
Vois ces deux perles, ma Fanny !
Larmes brillantes de l'Aurore.

Par un sympathique désir
Vois-les se rapprocher émues,

Je ne pus cependant la chanter,
l'émotion étouffait ma voix; dimanche prochain, ma chère amie, je te
porterai moi-même ton cahier. Je
craignais aujourd'hui que ma Rosette
ne le fît demander. Pour prévenir
ton messager, je t'écris cette lettre
et te l'envoie par Jeannette. La pauvre enfant est ivre de joie; elle va
revoir sa bienfaitrice. Dans deux
jours je serai aussi heureux que va
l'être Jeannette, car moi aussi je te
reverrai. Deux jours! ah! il ne tient
qu'à mon amie d'en faire les plus

S'attirer, puis enfin s'unir
Dans une seule confondue!

Ma Fanny, de notre bonheur
Cette union offre l'emblême;
Nous n'avons qu'une âme, un seul cœur ;
On n'est plus deux lorsque l'on aime.

beaux que je puisse passer loin d'elle.
Ai - je besoin de t'en indiquer le
moyen? Non, tu sais aussi bien que
moi que les lettres de ma Rosette
peuvent seules me dédommager de
son absence.

———

LETTRE II.

ROSETTE A ADOLPHE.

———

Je te remercie, mon cher, de ton aimable lettre. Je ne me serais pas laissé prévenir si, depuis mon retour, je n'avais été sans relâche occupée de mon installation et des arrangemens de notre ménage. J'ai été bien fâchée de n'avoir pu, dès le jour de mon arrivée, réitérer à tes parens, et en particulier à ta bonne mère, l'expression de ma reconnaissance. Ils ont plus fait pour moi que n'auraient fait mes propres parens ; plus que mon père, que les travaux de la campagne et les fonctions de sa place tenaient toute la journée éloigné de moi ; plus que ma mère, dont je fus privée trop tôt, qui savait bien ce qui me manquait, mais qui connaissait aussi son impuissance d'y suppléer. Cependant elle y pourvut au lit de la mort, en me confiant à une amie dont elle avait reçu elle-même tant de bons conseils et de consolations. Certes, elle ne pouvait me léguer une meilleure bénédiction, et en regardant hier attentivement sa silhouette, qui est l'ouvrage de mon cher Adolphe, je ne pus m'empêcher de tomber à genoux, et de la remercier, les larmes aux yeux, pour son dernier et son plus grand bienfait. Mes occupations ne purent dissiper la mélancolie avec laquelle j'avais quitté une maison où l'on avait prodigué tant de soins à mon

esprit et à mon cœur. Mon cœur,
bon Adolphe, tu sais que je ne l'ai
pas emporté; tu sais qu'il est à toi.
Dois-je te répéter que je t'aime? Non,
je te l'ai dit une fois, peut-être bien
deux; cela doit te suffire, comme il
me suffit, une fois pour toutes, de
savoir que mon Adolphe m'aime. Ce
fut sous la charmille du jardin, le
premier jour de mai, que cet aveu
s'échappa de tes lèvres; tes yeux a-
vaient parlé depuis long-temps. Jusqu'ici Rosette avait été ta sœur, de ce
moment elle devint ta bien-aimée.
Quatre mois de félicité se sont écoulés pour nous depuis cette soirée dé-
licieuse. Ah! qui sait si le prochain
mois de mai nous retrouvera aussi
heureux! Cher Adolphe, j'ai des pressentimens qui me serrent le cœur.
Mon père me traite si froidement!
il a jeté sur mes livres un regard de

mépris, je pourrais dire de haine qui
me fit juger qu'ils lui étaient odieux.
Il parle de tes parens avec tant d'in-
différence que..... Mais ne désespé-
rons pas : mon plus grand soin doit
être maintenant de chercher le chemin de son cœur. Je vois avec satisfaction qu'il trouve du plaisir à m'entendre toucher du clavecin. Déjà
deux fois il m'a fait jouer après le
dîner quelques odes de Guellert qu'il
m'a fait accompagner de la voix. Hier
il reçut la visite d'un voisin, qui me
fit ses complimens avec la plus touchante cordialité. On me fit jouer
devant lui quelques marches et des
walses. Ce voisin jovial marquait la
mesure avec sa tête et ses pieds. A
la fin il se mit à danser : alors mon
père eut l'air de sourire; mais cette
lueur de satisfaction fut bientôt obs-
curcie par de nouveaux nuages.

Lorsque j'aurai mon cahier de musique, je lui jouerai notre air favori ; pour les paroles, je ne me hasarderai pas de si tôt à les lui chanter. Je ne devrais peut-être pas te dire, cher Adolphe, que c'est à dessein que j'ai laissé mon cahier de musique dans mon armoire. Je pensais bien que tu ne te servirais pas d'une main étrangère pour me le faire remettre. C'est donc dimanche prochain que je dois te revoir. J'espère que notre Charlotte t'accompagnera ; elle, la confidente de notre amour, la sœur chérie de mon cœur ! Dirigez votre route par notre verger, je vous y attendrai comme Pomone, entourée de pommes dorées et de prunes aux couleurs violettes. Au mois de mai dernier, Adolphe, ce n'étaient encore que des fleurs ; maintenant ce sont des fruits mûrs et délicieux. Nous

aussi nous cueillerons le fruit de notre patience et de nos espérances.
Ne t'affecte pas de ce que le décret
de ton admission n'est pas encore
arrivé. Cela ne tient pas au cœur de
ces messieurs autant qu'au nôtre. Si
le vieux, le vénérable pasteur vivait
encore, la chose irait sans doute plus
vite ; celui-là se serait intéressé à
son filleul comme à un fils. Que de
reconnaissance ne dois-je pas avoir
moi-même pour ce cher et digne
homme ! que de choses il t'a ensei-
gnées que tu m'as apprises à ton
tour ! que de livres il te prêtait que
tu me donnais aussi à lire ! Si je ne
lui devais que le seul avantage de
m'avoir fait connaître les écrits de
l'estimable de La Roche, cela suffi-
rait pour me faire révérer à jamais
sa mémoire. Il faut que je finisse,
pour que la bonne Jeannette puisse

encore arriver avant la nuit à Mayenthal.

Adieu, bon Adolphe ; recueille
le baiser que j'imprime sur cette
feuille.

———

LETTRE III.

ADOLPHE A ROSETTE.

———

Mon cœur bondissait de joie, ma Rosette, quand je te saluai sous les arbres fruitiers; il était serré de tristesse quand je voulus regagner ma demeure. Le mille de Friedlingue à Mayenthal me semblait le voyage d'une journée. Je marchais triste et silencieux à côté de ma bonne Charlotte, qui fit de vains efforts pour attirer mon attention sur le magnifique spectacle du soleil couchant, et sur le doux gazouillement des oiseaux. Je ne pus lui répondre que par des

soupirs. A l'entrée du village, sous
le grand tilleul, mon œil hagard
cherchait le clocher de Friedlingue.
Dieu! que tu es pâle! s'écria Charlotte en me serrant 'dans ses bras.
Ses larmes tombaient sur mes joues
enflammées et y s'échaient pres-
qu'aussitôt, car mon œil n'avait pas
de larmes pour se mêler aux siennes.
Tu as vu, ma Rosette, avec quelle
froideur m'a reçu ton père, tandis
que tout bas mon cœur le nommait
aussi le mien; tu as vu que son front
ne s'est déridé qu'au moment où nous
prîmes congé de lui. La réception
amicale que tu nous as faite, et l'i-
dée que l'assassin de mon bonheur
est le père de Rosette, ont seules pu
réprimer les mouvemens de ma fierté offensée : tu connais cette fierté :
tu sais que je puis tout supporter,
hors le mépris; et la conduite de ton

père n'était-elle pas une continuelle démonstration de mépris? Ses regards semblaient me dire : je sais bien que tu aimes ma fille, je sais encore que tu en es aimé; mais ma fille, ma riche fille n'est pas faite pour le fils d'un misérable maître d'école qui possède à peine, en fonds, ce que vaut ma récolte d'une année, et auquel j'ai payé au décuple toutes les niaiseries qu'il lui a apprises. C'est ainsi, Rosette, c'est ainsi que pensait ton père; Dieu le sait qu'il pensait ainsi; j'ai lu sur sa figure chaque syllabe de ses pensées. Et enfin, lorsque tu te mis à ton clavecin, que je te présentai le charmant air de Kleist : *Elle s'éloigne, c'est fait de moi,* que Charlotte et moi nous accompagnâmes les sons tremblans de ta voix angélique, il grinça les dents, et se promena dans la chambre comme un sourd-muet. Tu ne pouvais pas voir cela, ma Rosette; mais je le voyais bien; et moi aussi je grinçais les dents. Mais tu t'aperçus que je détonnais et perdais contenance. Un de tes regards me remit, ces regards qui me rendraient la vie dans les bras même de la mort! Ma Rosette, fiancée de mon cœur, tes pressentimens n'étaient que trop fondés; nous subirons bien des épreuves; l'amour seul pourra nous aider à les surmonter. Sois constante, ma Rosette; ton Adolphe est préparé à tout, hors à te perdre. Je te disputerais au plus puissant monarque de la terre, et il ne t'arracherait de mes bras qu'avec la vie. Sois toujours constante, ô ma Rosette! On voudra peut-être nous empêcher de nous écrire, nous priver de la seule consolation des malheureux qui sont

séparés. Jeannette a eu ordre d'user
de la plus grande prudence pour te
remettre cet écrit, et d'éviter surtout
la présence de ton père. Tu sais que
ma mère l'envoie tous les vendredis
au marché de la ville ; votre verger
aboutit au sentier qui y mène ; en
allant elle déposera mes lettres près
de la haie, dans le creux du châtai-
gnier à l'ombre duquel tu nous attendais la dernière fois ; et au retour
elle y prendra tes réponses.

Sois constante, ma Rosette ; tu le
peux, si tu le veux, car tu aimes ;
et un saint poète, Salomon, a dit
L'amour est aussi fort que la mort.
Que cet oracle soit désormais notre
devise.

LETTRE IV.

ROSETTE A CHARLOTTE.

———

Laisse-moi, ma bonne amie, laisse-moi déposer mes peines dans ton sein. Je n'ai pas la force d'écrire à ton frère, quoique je lui doive une réponse. Comment pourrais-je, de ma propre main, lui enfoncer dans le cœur le même poignard qui fait déjà saigner le mien ? Cependant je ne dois pas lui laisser ignorer la conversation qui a eu lieu avant-hier entre mon père et moi. C'est toi, mon excellente Charlotte, que je charge d'en instruire notre Adolphe, mais avec toute la prudence, tous les ménagemens que ton amitié pour lui te commande, et qu'exige sa sensibilité.

J'étais assise près de la table, mon ouvrage à la main; un profond soupir s'échappa de mon âme oppressée; peut-être même fut-il accompagné d'une larme. Mon père qui venait de rentrer, s'approcha de moi d'un air chagrin : «Qu'as-tu Rosette? depuis ton retour de Mayenthal je ne te reconnais plus; on dirait que tu es fachée de te retrouver avec ton père.

— Oh! non, mon cher père.

— Ce *non* signifie *oui*. Écoute, mon enfant, ta pâleur, tes soupirs étouffés, ta mélancolie, confirment le soupçon où je suis qu'un chagrin secret oppresse ton cœur. Je connais la cause de ta tristesse. Le jeune maître d'école t'a troublé la tête et le cœur avec ses maudits livres et ses propos mielleux. Que ne t'ai-je arrachée de ses griffes six mois plus tôt ! Je m'en suis aperçu trop tard ; mais je traverserai les projets de ce faquin, c'est aussi sûr que je m'appelle le prévôt Reinhard. »

Il prononça ces dernières paroles d'une voix terrible. Je me sentis trembler ; mon ouvrage s'échappa de mes mains ; je les élevai vers le ciel, et dis en sanglotant : « Ah, mon père, ne soyez pas injuste !

— Par Dieu, je ne le suis pas. J'ai de bons yeux et de bonnes oreilles. Le séducteur n'est pas assez fin pour moi. »

C'en était trop. Je me sentis tout-à-coup animée d'une force jusque-là inconnue. Je me levai, et lui dis d'un ton qui devait le surprendre : « Adolphe n'est point un séducteur ;

c'est un estimable jeune homme ; sa société , loin de m'avoir été nuisible, ne pouvait que me rendre meilleure. Mon père , n'offensez pas mon bien- faiteur.

— Eh ! voyez donc, je crois que tu veux te donner les airs de régen- ter ton père ! Rose , Rose , je te le dis une fois pour toutes , chasse le drôle de ta pensée , ou tu payeras cher ton entêtement. Il s'imagine peut-être que je t'unirai à lui : il s'est lourdement trompé. Il n'en sera rien, tu peux le lui dire ; et s'il est aussi estimable que tu le prétends, il ne s'avisera pas d'encourager ta déso- béissance , ni de vouloir se faire agréer de vive force.

» Tu peux lui dire tout cela, ou le lui écrire, cela m'est fort égal. Mais lorsqu'il aura une fois reçu son con- gé, ne t'avise pas de lui adresser un seul mot : note bien cela ! »

Je me tus et je pleurai. Il sortit, mais un instant après il revint sur ses pas.

« A propos, me dit-il, le jeune Hartwig, mon pupille, revient la semaine prochaine de Francfort, où il a été sommelier pendant deux ans. C'est un gaillard alerte et bien tourné. Il possède une jolie fortune. L'auberge à l'enseigne du Soleil lui appartient, et il s'y établira dès qu'il sera majeur. Je te recommande, mon enfant, de lui faire un accueil grâcieux : on ne sait pas ce qui peut arriver. Je pense que tu me comprends. »

Mon père aurait pu parler encore long-temps ; la terreur et le chagrin me lièrent la langue. Le messager du bailliage vint heureusement apporter une dépêche de la régence.

Le prisonnier qu'on va délivrer des fers ne voit pas arriver avèc plus de plaisir son libérateur. Je m'échappai doucement, et me rendis dans ma chambre, où je me jetai sur mon lit pour laisser un libre cours à mes pleurs.

Maintenant, mon amie, tu connais mot pour mot ce terrible entretien. Je n'ai pu finir ma lettre qu'au bout de trois jours, car il m'a fallu dérober les instans pour t'écrire. J'attends ta réponse avec une impatiente anxiété. Ah! je t'en conjure, ménage ton frère; et lorsque tu lui auras fait connaître notre cruelle sentence, rappelle-lui notre devise : *L'amour est aussi fort que la mort.* Il faut que l'orage se dissipe, ou qu'il écrase sa Rosette. Les dernières paroles de mon père me font seules trembler. Dieu ! s'il persistait dans ses projets à l'égard de Hartwig ! Je sens qu'il me serait plus facile de mourir que de désobéir.

~~~~~~

LETTRE V.

CHARLOTTE A ROSETTE.

———

PAUVRE AMIE ! combien ta lettre a dû te coûter à écrire ! Je la tenais encore arrosée de mes larmes lorsque Adolphe revint de l'église. « De Rosette ! s'écria-t-il en étendant la main pour saisir le papier. » Dans ce moment seulement il s'aperçut que je pleurais. « Dieu ! qu'est-il arrivé ? Je devine mon malheur !

— Son père est un homme sévère et bourru ; tu sais cela.

— Je le sais, et c'est justement pour cette raison... Parle, ma sœur,

je te conjure de me laisser lire sa
lettre.

— Cela m'est défendu, mais tu en
sauras le contenu.

— Je ne dois pas la lire, et j'en
dois savoir le contenu! Charlotte,
je ne suis plus un enfant, donne. »
En disant ces mots, il m'arracha
la feuille des mains. Ses lèvres trem-
blaient; une pâleur mortelle et une
vive rougeur se succédaient alternativement sur son visage. J'entendis
battre son cœur. Lorsqu'il approcha
de la fin, ses traits s'éclaircirent :
« Chère et estimable fille, s'écria-t-il,
tu es toujours la même, toujours,
toujours! » Il baisa la place de la
lettre où tu dis : « Il faut que l'orage
se dissipe ou qu'il écrase sa Rosette. »
« Et c'est un pareil trésor, dit-il, que
je me laisserais enlever! et une telle
fille peut avoir un tel père! Mais je

lui pardonne, oui, je lui pardonne,
pour l'amour d'elle, chère et céleste
créature! » Et lorsqu'il lut ce passage
de la fin : « Je sens qu'il me serait
plus facile de mourir que de désobéir, « Sublime! mais... Hartwig!
je le connais; il n'est pas digne de toi,
pas plus que ton père. Je respecte ta
délicatesse, ma Rosette; mais si elle
dégénérait en faiblesse! Non, non,
notre devise, que tu répètes avec tant
d'héroïsme, m'en est garant. Charlotte, je ne veux pas lui écrire; il
faut que je lui parle. Je veux lui parler encore une fois, peut-être sera-ce
la dernière! Écris-lui cela. Dis-lui
que je..... l'aime plus que je ne l'ai
jamais aimée, et que j'irai la voir
mardi prochain. Je ne manquerai pas
de prétextes; et quant à ma conduite
avec le vieux Reinhard, elle ne doit
rien appréhender; je n'oublierai ja-

mais qu'il est le père de Rosette. —
Je voulais le détourner de ce projet;
mes efforts furent inutiles. Aussi je
ne me flatte pas que, d'ici là, je
puisse le faire changer de résolution.
Attends-toi donc à cette visite, mon
amie. Ah! je voudrais qu'elle fût déjà
faite; je n'aurai pas un seul instant
de repos jusqu'au retour de notre
pauvre Adolphe.

~~~~~~

LETTRE VI.

ROSETTE A CARLOTTE.

—

LA mesure de mes souffrances est maintenant comblée, ma Charlotte; les pénibles appréhensions qui me tourmentaient jour et nuit depuis la réception de ta dernière lettre, étaient un triste présage du malheur qui m'est arrivé.

Adolphe, mon Adolphe a été insulté, maltraité, chassé de la maison de mon père. Dieu! pourrai-je, ma sœur, te peindre cette horrible scène! Mais il le faut, je le dois pour ma justification. Ton frère ne te racontera pas tout; il ne le pourra pas.

Ah! je n'ai pu lui parler; je n'ai
même pu le voir. Toute ma vigilan-
ce a été en défaut, et les précautions
que j'avais prises pour empêcher
qu'il se rencontrât seul avec mon
père sont devenues inutiles. Je ne
sortis de la chambre de toute la journée. Mon père était toujours à la
maison. Il faut que par la croisée
du coin, il ait vu venir ton frère.
Tout-à-coup il me dit : Va, Rose, au
verger, faire cueillir un panier de
pommes que je veux envoyer au pasteur; choisis les plus belles. Je fus
à la cour appeler le maître-valet pour
m'aider; je me dépêchais le plus
que je pouvais. Il y avait à peine
dix minutes que j'étais au jardin que
j'entendis se disputer très-haut; la
voix de mon père ressemblait au
bruit du tonnerre, et le chien de la

cour l'accompagnait par ses aboie-
mens furieux. J'accourus vers la
maison, mais Adolphe était déjà loin;
je ne trouvai que mon père; sa figure était enflammée de colère. Tu ar-
rives trop tard, me dit-il du ton de la
plus cruelle ironie : comme tu n'as pas
voulu donner congé à ton drôle, je
viens de le faire à ta place. J'ai lieu
d'espérer qu'il ne reviendra plus. Sors
d'ici, indigne créature; je ne veux
plus te voir. Je tombai presque dé-
faillante sur le banc de pierre près
de la porte cochère. Lisette accou-
rut à mon secours. Jette-lui de l'eau
à la figure, lui dit mon père en ren-
trant dans la chambre, dont il ferma
la porte avec violence. Lisette me
soutenait dans ses bras en pleurant; et dès que je pus me relever,
elle me conduisit dans ma chambre ; c'est d'elle que j'ai appris

les détails de cette cruelle scène.

Mon père attendit ton frère sous la porte cochère; celui-ci le salua avec beaucoup de déférence.

«Que voulez vous? lui dit mon père.

— La dernière fois que j'étais ici je m'étais aperçu que le clavecin de mademoiselle votre fille était désaccordé, et je venais pour le remettre en état.

— On n'a que faire de vous; et notre maître d'école saura probablement aussi opérer ce grand œuvre de sorcellerie.

— Je pensais que connaissant l'instrument....

— Oui-dà: et celle qui en joue vous la connaissez aussi?

— Je ne comprends pas cette question.

— Il faut donc que je me rende

intelligible. Décampez d'ici; je ne veux plus que vous dépassiez jamais le seuil de ma porte, et j'ai mes raisons pour cela.

— J'espère que ces raisons ne me sont pas injurieuses.

— Injurieuses ou non, allez-vous-en, vous dis-je.

— Monsieur Reinhard, je ne suis pas accoutumé à recevoir de pareilles insultes.

— Voyez donc quelle arrogance! Décampez, je vous le répète, décampez, ou bien....

— Il est heureux pour tous deux que je ne puisse oublier que je parle au père de Rosette.

— Eh! mais vraiment, je crois qu'il me menace! voulez vous déguerpir, ou dois-je appeler mes valets?»

Adolphe s'en fut; Dieu en soit loué! sa retraite lui épargna d'autres

insultes encore, que sa Rosette n'aurait pu prévenir, quand même elle
se serait jetée aux genoux de son
père.

Je parus au souper , quoique je
pusse à peine me soutenir ; je dévo-
rais mes larmes, et mon cœur était
gonflé de soupirs. Mon père, de son
côté, ne dit pas une parole, et il fut
se coucher aussitôt après le souper.
Je me trouvais donc seule et libre de
t'écrire quelques lignes, ô mon amie!
Peut-être ne pourras - tu pas dé-
chiffrer une partie de ma lettre, tu
n'en devineras que mieux ce qui se
passe dans mon cœur.

Porte-toi bien, ma Charlotte, et
embrasse pour moi le seul que mon
cœur aime.

P. S. Mon père m'a fait appeler
ce matin; un jeune homme était avec
lui; un frisson me fit pressentir que

c'était H. . . ; je ne saurais achever
d'écrire ce nom. Je le reçus avec
une froide politesse. Il bavarda beaucoup sans rien dire. A moins que
mon amour et ma douleur ne trou-
blent mon jugement, je vois en lui
un fat qui veut cacher le paysan sous
la friperie du citadin. Si je lui fais
tort j'en aurai du regret, mais ce regret ne lui servira jamais à rien. Tu
recevras cette lettre, ma bonne Charlotte, par Lisette, que mon père envoie en ville pour y porter des fruits:
elle passera par Mayenthal, et au retour elle me rapportera ta réponse.
Ah! je tremble pour la santé de ton
frère!

LETTRE VII.

CHARLOTTE A ROSETTE.

Au nom de Dieu! mon amie, qu'est-il arrivé à mon frère? Quand il revint hier soir nous étions à table. J'étais seule avec ma mère; mon père était invité chez M. le pasteur; Adolphe était pâle comme un fantôme en entrant dans la chambre, son regard était terne et hagard, tous les muscles de son visage étaient en contraction, et tous ses mouvemens étaient convulsifs. Il ne nous salua point en entrant, et ne répondit pas à notre salut. En le voyant entrer, ma mère laissa tomber le morccau de sa bouche, et sa frayeur me rendit muette. Il parcourait la chambre en chancelant comme un homme ivre ; enfin, il se laissa tomb e r dans un fauteuil en poussant un profond soupir.

« Qu'as-tu, cher Adolphe ? lui dis· je d'une voix tremblante et crain- tive.

— Je n'ai plus rien ; j'ai tout per - du, tout, même l'honneur ! »

Ma mère joignit ses mains. Après un court silence je hasardai de con- tinuer encore. « Tu étais à Friedlin- gue, que fait Rosette ? cette chère enfant se porte-t-elle bien ?

— Probablement aussi bien que moi.

— Probablement.... Ne l'as-tu donc pas vue ?

— Non... que dis-je, non ? si, je l'ai

vue sous les griffes d'un tigre qui lui arrachait le cœur pour me le jeter à la figure.

— Au nom du ciel! mon frère, remets-toi. Tu es malade, très-malade. Tiens, bois. Je lui présentai un verre d'eau.

— Donne; Dieu veuille que ce soit du poison!» et il but avec avidité.

Ma mère, qui jusqu'ici était restée comme pétrifiée, prit alors la parole: «Mon pauvre fils, lui dit-elle de ce ton affectueux que tu lui connais, tu es hors de toi, je ne te reconnais plus.»

— Personne ne me reconnaît plus. Le barbare ne m'a pas reconnu non plus.

— De qui parles-tu? continua-t-elle; que t'est-il arrivé? peut-être que le père de Rosette.....»

Il se tut un instant ; puis il demanda de l'air de quelqu'un qui se réveille d'un songe : «Rosette a-t-elle un
père ? »

Ma mère se couvrit le visage avec
son mouchoir, et je me jetai au cou
de ce pauvre malheureux. Mes embrassemens le firent un peu revenir
à lui; et il me rendit mes étreintes;
puis il me dit d'un ton qui brisa nos
cœurs: «Ah! ma sœur, ma chère
sœur, ma bonne mère, je suis . . . . .
le plus malheureux de tous les hommes. »

Ma mère le voyant si épuisé, et
désirant ménager mon père, lui dit :
«Tu es fatigué, mon fils, va te reposer; demain tu nous raconteras ton
malheur; tu vois déjà combien nous
le partageons; va, mon cher Adolphe,
si ton père entrait, ta vue troublerait
la sérénité que son âme aura puisée

dans les douces émotions de la soi-
réc. »

Il nous regarda toutes deux avec
une douleur inexprimable, et monta
dans sa chambre. Ma mère cacha
tout à mon père. A peine celui-ci
était-il rentré, qu'il s'informa de
mon frère. Nous lui répondîmes
qu'il était allé se coucher pour se
remettre de sa fatigue, et il ne soup-
çonna rien de funeste.

J'en étais là, ma chère amie, lorsque Lisette me remit ta lettre. Mon
frère n'a pas encore quitté sa chambre. Tu sais qu'elle n'est séparée de
la mienne que par une mince cloi-
son. Je l'entendis jusqu'après minuit se parler à lui-même, et soupirer. Il faut qu'il se soit endormi vers
le jour. Dieu soit béni! ta relation
nous sauve, à lui et à nous, le tourment d'entendre cette cruelle his-

toire de sa bouche. Quelles sensations, chère enfant, ne dois-tu pas
avoir éprouvées toi-même en l'écri-
vant ! Je m'interdis toute observation
sur les procédés de ton père ; car,
moi aussi, je ne veux jamais oublier
que la sœur de mon cœur est sa
fille.

J'ai communiqué ta lettre à ma
mère, et nous avons résolu de la faire
voir à mon père, mais sans deman-
à Adolphe les motifs de son désespoir.

Mon père n'a pu lire cette lettre
sans le plus vif mécontentement.
«Vous savez, nous dit-il en la serrant dans sa poche, que j'ai toujours
plutôt désiré qu'espéré l'union d'A-
dolphe et de Rosette. Je connais depuis long-temps la dureté de caractère de Reinhard : c'est cette dureté
et son orgueil, dont la source est

dans sa richesse, qui ont abrégé la carrière de son estimable femme. Le seul moyen de rendre le repos à sa fille, et de diminuer l'éloignement de Reinhard pour notre fils, est que celui - ci s'absente pour quelque temps, afin de chercher à l'étranger un état qui puisse flatter l'amour-propre du prévôt, et contre-balancer la fortune de son pupile. Je m'occupe depuis plusieurs jours de ce plan; hier j'en ai fait part à M. le pasteur qui non - seulement l'a approuvé, mais qui m'a encore offert une recommandation pour un de ses parens qui occupe une chaire importante à l'université d'Erlangen. Deux années sont bientôt passées; et qui sait ce que la providence réserve à ce jeune homme dont les talens sont gênés dans sa sphère actuelle, et dont la conduite a été jusqu'ici exempte

de tout blâme? Ne crois, pas bonne
mère, que ce plan m'ait été suggéré
par l'ambition. Tu sais combien je
m'estime heureux dans ma position
et que j'ai peut-être opéré plus de
bien comme instituteur que je ne
l'aurais pu faire si mes moyens m'eussent permis d'achever mes études
pour obtenir un emploi de pasteur.»

Adolphe entra dans ce moment;
son visage portait encore l'empreinte
du chagrin, mais son désespoir s'était
calmé. Mon père lui parla avec toute
la tendresse de son cœur. Il lui dit
qu'il était instruit de son aventure,
et lui donna ta lettre à lire. J'aurais
bien voulu l'en empêcher, prévoyant
que l'indignation et la honte feraient
retomber mon frère dans le délire.
Je ne m'étais pas trompée; mais mon
père ne laissa gronder la tempête que
quelques instans. Il prit la main

d'Adolphe, et lui dit d'un ton de dignité qui me pénétra jusqu'au fond du cœur : « J'avais cru jusqu'ici que mon Adolphe était digne de sa Rosette, digne de cette fille estimable, dans l'ame pure de laquelle la passion même devient une vertu. C'est avec la plus vive douleur que je suis forcé de voir que je me suis trompé. La passion de mon fils ressemble à un ouragan furieux qui l'agite comme une feuille légère pour le faire retomber dans la poussière aux pieds de son amante. Elle se réjouissait sans doute de ta conduite envers son père; mais combien elle éprouverait de honte de ta conduite envers toi-même? où est donc le courage que tu voulais si souvent lui inspirer? Qu'est devenue la vertu qui jusqu'ici avait été la compagne fidèle de ton amour, et en faveur de laquelle je ne l'ai pas

seulement toléré, mais souvent béni
en silence? Un seul instant a étouffé
les plus sublimes principes de ton
âme, et peut-être anéanti pour toujours le bonheur de tes parens. »
Adolphe ne put y tenir plus long-
temps. Il se jeta aux genoux de son
père, et se cacha le visage dans son
habit. « Dieu! ô Dieu! s'écria-t-il en
sanglotant, que suis-je, qu'étais-je!
Non, je ne suis pas digne d'un tel
père ni d'une telle amante. » Lisette
vient chercher ma lettre. Je me hâte
de finir. Vendredi prochain tu trouveras, ma chère, dans le creux de
l'arbre chéri, la fin de cette scène
solennelle.

~~~~~~

LETTRE VIII.

CHARLOTTE A ROSETTE.

Continuation de la précédente.

JE n'ai pas besoin, mon amie, de te peindre les sensations que le discours de mon père, et le noble repentir de mon frère, produisirent en moi. Ce bon père le releva, et le serra dans ses bras. Après que tous deux se furent remis de cette terrible secousse, mon père lui dit : « Ton orgueil, mon fils, que j'ai si souvent tâché de réprimer, a été rabaissé par celui d'un autre. J'espère que cette amère leçon ne sera pas perdue pour toi. » Et alors il lui fit part de ses projets. Adolphe l'écouta avec une grande attention et une satisfaction visible. Tout-à-coup il l'interrompit par un profond soupir. « Tout cela est bien, tout cela est très-beau; mais Hartwig..... — Celui-ci ne doit pas t'inquiéter, reprit mon père. Les lois de notre pays défendent aux tuteurs de marier leurs enfans à leurs pupilles, avant que ceux-ci aient atteint leur majorité. Hartwig compte à peine vingt-trois ans, et il peut arriver bien des choses dans l'espace de deux années. — Cela est-il bien vrai? s'écria Adolphe. En ce cas je n'ai plus rien à désirer.

— » Est-ce que ton père t'a jamais trompé ? Pour te faire rougir de ta méfiance, je vais te faire lire la loi.

— » Non, non, ô le meilleur des
pères! pardonnez-moi mon incrédu-
lité. Le malheureux qui souffre a tant
de peine à croire une bonne nouvelle! Allons, je vais partir; je par-
tirai après-demain, demain, aujour-
d'hui. » Enfin le départ d'Adolphe
fut fixé de lundi en huit, jour du
passage de la voiture de poste par
notre village. En ce moment tout le
monde est occupé de son trousseau.
Notre bon père lui remettra en partant deux cents florins, et M. le pasteur espère lui faire obtenir la pen-
sion gratuite par l'entremise de son
cousin. Dès le lever du soleil mon
frère est en mouvement : tel qu'un
ardent chasseur, il monte et descend
les degrés de l'escalier, et sa chambre a tout-à-fait l'air d'une friperie.
Il n'y a qu'une chose, ma bonne
amie, qui tourmente ce pauvre pé-

lerin, c'est de ne pas pouvoir te voir ni t'embrasser avant son départ. Mais le voici lui-même qui m'arrache la plume de la main.

« Oui, ma bien-aimée, cela me tourmente, et toi aussi, j'en suis sûr. Je pars pour revenir avant deux ans comme ton fiancé, ou pour mourir, en prononçant ton nom, sous un ciel étranger. Je ne te rappelle pas nos sermens. Des liens sacrés et éternels unissent nos cœurs; avant de les séparer, il faudrait qu'un Dieu les anéantît. Ce sentiment vainqueur me donne assez de force pour sacrifier notre correspondance à ton repos et à ta délicatesse. Cependant tu seras instruite de toutes les particularités de ma destinée. Notre bonne sœur se chargera de ce soin. J'espère que mon éloignement te rendra la paix sans favoriser toutefois ton

Hartwig. Le favoriser...., fi ! qu'ai-
je écrit là ! Pardonne, pardonne-moi,
ma noble amie ! j'en rougis de honte,
et cependant j'aime mieux laisser
subsister cette ligne que de la rayer.
Je ne veux cacher aucun de mes dé-
fauts, aucun des mouvemens de mon
cœur, à la future compagne de ma
vie.

» Adieu, ma Rosette! reçois le plus
brûlant baiser d'adieu de ton amant,
et donne-lui ta bénédiction. »

LETTRE IX.

ROSETTE A CHARLOTTE.

———

Ma bonne Charlotte, Lisette m'a heureusement remis ton avant-dernière lettre. Plût à Dieu que la dernière me fût parvenue aussi intacte! je t'en parlerai plus tard.

Ta relation, ma bonne amie, a rouvert les blessures de mon cœur, qui n'étaient encore que trop fraîches. Ce pauvre, ce bon Adolphe! combien il a souffert! Quoique je puisse me faire une idée de ses tourmens, puisque je les mesure d'après les miens, le tableau que tu m'en as

fait m'a cependant rendue si malade,
qu'il m'a fallu garder le lit pendant
deux jours. Mon père est venu me
voir deux fois ; il paraissait soucieux,
ses attentions étaient si froides, son
ton si sec, ses consolations si peu
empressées, que je ne pus m'empêcher d'établir entre lui et mon père
Oswald une comparaison qui aug-
mentait encore mes souffrances. O
ma Charlotte ! combien tu es heureuse ! quel digne, quel excellent
homme que ton père ! c'est le véri-
table ange gardien de ses enfans.
Que Dieu le bénisse ! quel bonheur
pour moi qu'il ait aussi été le mien !
puisse - t - il l'être toujours ! Avec
quelle force irrésistible , quoique
douce, n'a-t-il pas attaqué l'âme
égarée de ton frère, pour l'arracher
au plus affreux désespoir ! Que n'ai-je
pu aussi embrasser les genoux de

notre sauveur! S'il m'était possible
d'aimer Adolphe plus que je ne l'ai
aimé depuis le jour où nos cœurs se
donnèrent pour jamais l'un à l'autre,
son pieux repentir, son retour filial,
eussent opéré ce miracle. Quoique
toute communication avec mon bien-
aimé me soit interdite, quoique ce
ne soit que par toi que j'en aurai des
nouvelles, cependant je ne puis penser sans trembler à son éloignement.
Ce n'est pas que je le désapprouve :
comment pourrais-je blâmer une démarche qui seule peut ranimer mon
espoir presque éteint! Mais qui peut
savoir à quelles tempêtes son absence va m'exposer, et à combien de
persécutions elle n'encouragera pas
les ennemis de notre amour? Ma résolution est prise ; je combattrai jusqu'à ce que je succombe, et leur
triomphe sera ma mort. Cependant

les lois m'assurent une protection
que j'eusse désiré ne chercher que
dans le sein de mon père. Hé bien,
que leur égide salutaire me couvre
jusqu'à ce que le temps vienne la
briser. Sans doute il peut arriver
bien des événemens dans l'espace de
deux années; mais celui qui a tracé
le sentier de notre destinée, et qui
l'a parsemé de tant d'épines, sait lui
seul, ma chère, si ces événemens se-
ront favorables à nos espérances ou
les feront évanouir. Pardonne, ô ma
Charlotte! pardonne à ma tristesse;
le départ de mon Adolphe n'en est
pas la seule cause. Dans l'espoir de
trouver aujourd'hui la suite de ta lettre à l'endroit désigné, j'avais essayé
de quitter le lit vers les dix heures.
La matinée était belle; une promenade dans le verger ne pouvait donner lieu à aucun soupçon. Je fis

quelques tours le long de la haie , et
je m'assis enfin au pied de notre
confident muet. Je jetai d'abord des
regards craintifs de tous les côtés,
comme si j'allais commettre un vol;
enfin ne voyant personne nulle part,
je pris dans le creux de l'arbre ta
lettre d'hier. Le cachet en était
rompu et recollé avec adresse, mais
non pas assez bien pour que l'on ne
s'en aperçût pas. Je la cachai dans
mon sein palpitant, et d'un pas tremblant je gagnai ma chambre, où je
pus la lire tranquillement, parce que
mon père avait chez lui un sergent
prussien qui, depuis quelques jours,
se trouve ici en recrutement. Cette
circonstance, que j'abandonne à tes
propres réflexions, et que je m'ef-
force de bannir de ma pensée, avait
tellement influé sur mes nerfs déjà
si abattus, que je retombai dans mon

premier accablement. Je parus cependant à table, et je me fis une violence extrême pour cacher mon inquiétude à mon père, quoique depuis mon retour de Mayenthal je ne l'avais jamais vu de meilleure humeur, ni aussi attentif envers moi. Voyant que je ne touchais à rien, il me servit, me força de manger, et m'appela même une fois Rosette, au lieu que, depuis trois semaines, il ne m'avait jamais nommée que Rose. Après le repas, il me dit : « Montre-moi ta bourse. » Je la lui donnai ; il y avait à peu près trois florins. Il y ajouta six ducats, et me la rendit, en disant : « La fille du prévôt Reinhard ne doit jamais être sans argent. » Je le remerciai d'aussi bonne grâce que me le permit mon trouble. En d'autres temps cette générosité ne m'eût pas étonnée. Mon père hait autant l'ava-

rice qu'il aime les richesses ; mais
aujourd'hui précisément, et si inopi-
nément ! Je ne puis m'expliquer cette
transition subite du plus grand mécontentement à la plus grande bonté,
que par des suppositions qui peut-
être sont dénuées de fondement,
mais qui me paraissent assez importantes pour me faire concevoir des
craintes sur notre correspondance.

Après de longues et pénibles réflexions, j'ai enfin risqué de propo-
ser à Lisette, que pendant ma maladie j'ai été à même d'apprécier favo-
rablement, de charger quelquefois
sa mère d'une petite lettre pour toi.
Cette femme est pauvre et honnête ;
feue ma mère lui faisait beaucoup de
bien. Lisette m'a tout promis, en me
garantissant la religieuse discrétion
de sa mère ; et un de mes florins a
mis le sceau à notre traité. Le ser-

gent revint par bonheur après le dîner chez mon père, et j'eus le temps
de terminer ma négociation, et d'é-
crire ma lettre, que la bonne vieille
se charge de te remettre. Je sens
fort bien, ma Charlotte, tout ce qu'un
pareil commerce a d'inconvenant,
combien il paraît même suspect;
mais pourquoi me vois-je forcée de
cacher aux yeux de celui pour lequel
je ne voudrais pas avoir le moindre
secret, des lettres que j'écris en présence de l'Etre qui voit tout? Encore
quelques mots pour ton frère.

Que Dieu te conduise et te proté-
ge, mon Adolphe; que l'ange protecteur de l'amour t'accompagne!
entre avec joie et confiance dans ta
nouvelle carrière; et si des nuages
dérobaient un moment le but à tes
regards, souviens-toi que l'on y re-
çoit la couronne. Reçois ce ruban

tissu par la main de l'Amour, d'une boucle de tes cheveux noirs mariés à mes cheveux blonds; attache-le à ta montre, et chaque fois que tu la regarderas, ce ruban te dira : *A cette même minute ta Rosette pense à toi.* Accepte ces pièces d'or; je ne saurais consacrer le cadeau de mon père à un usage plus sacré : si tu les refuses, tu refuses la main qui te les présente. Reçois le baiser que ta sœur imprimera sur tes joues au nom de ta Rosette.

~~~~~~

LETTRE X.

LE SERGENT STOURM AU PRÉVÔT REINHARD.

———

L'oiseau est pris, M. le prévôt, et il faudrait qu'il fût un diable incarné pour nous échapper. Je ne m'étonne plus qu'il ait donné dans l'œil à votre fille. C'est, Dieu me damne ! un gaillard moulé qui mesure ses sept pouces complets.

Mon caporal m'attendait, déguisé en exempt de police et accompagné de deux drôles bien robustes, au cabaret en avant de Wildheim, où il était convenu avec le postillon qu'il

s'arrêterait pour boire la goutte.
Heureusement que notre major d'é-
cole ne s'était point muni d'un pas-
seport, et qu'il prit feu au mot de
vagabond que prononça le caporal.
Le drôle voulut même tirer son cou-
teau de chasse ; mais on y mit ordre.
Quant à moi, il ne me soupçonnait
nullement, parce que je portais un
habit vert, et me faisais passer pour
un chasseur. Ce n'était pas mentir ;
car une telle recrue est un gibier qui
vaut toujours au moins un chevreuil
ou un sanglier. J'ai présenté hier
mon prince enchanté à mon capitaine qui se trouve justement ici en
congé. Il en fut si joyeux qu'il fail-
lit m'embrasser. Il eut aussi la pré-
caution de le débarrasser de sa bourse qui contenait environ deux cents
florins en carolins, et six ducats de
Hollande. Ces ducats me rappellent,

M. le prévôt, les trente autres que
vous avez promis de me compter si
le coup réussissait. Je les ai, sur mon
âme, bien gagnés ; car si cette affaire se découvrait, je n'échapperais
pas les travaux forcés, et vous n'en
seriez pas quitte vous-même pour
trois cents ducats.

Envoyez-moi le petit rouleau à
l'adresse de l'aubergiste du T*** à
Anspach, où je l'irai prendre ; car je
ne retournerai pas à Friedlingue
avant six semaines, peut-être encore
plus tard, attendu que, le mois prochain, je suis chargé d'escorter un
transport de recrues à H***.

Adieu, M. le prévôt, je suis votre
dévoué serviteur,

WOLFGANG-STOURM,

Sergent-major.

LETTRE XI.

RÉPONSE DU PRÉVÔT REINHARD.

———

Un honnête homme tient sa parole. Vous recevrez ci-joint, M. le sergent-major, les trente ducats que je vous ai promis. Cette farce me coûte quelques centaines de florins; mais je ne regrette pas cet argent, car je crois ne pouvoir acheter trop cher la liberté de ma pauvre fille égarée. Tâchez surtout de faire bientôt rejoindre le régiment à ce diable d'homme. La mort de l'électeur de Bavière pourrait bien amener une guerre, et alors un hussard ou un

boulet de canon me rendra peut-
être un second service qui m'affran-
chira de tout autre souci.

J'ajoute encore six ducats pour
votre caporal qui doit être un gaillard consommé. Brûlez cette lettre ;
elle n'a pas besoin de réponse.

Je suis avec toute la reconnaissance possible, votre serviteur,

R.

LETTRE XII.

CHARLOTTE A ROSETTE.

———

Déja plus de quinze jours se sont
écoulés depuis le départ de mon frère, et il n'a pas encore écrit. Son silence commence à inquiéter mon
père ; ma mère et moi nous sommes
depuis long-temps dans les transes
et dans la peine. Hier M. le pasteur
a écrit, à la prière de mon père, à son
cousin à Erlangen, pour s'informer
si Adolphe est arrivé. Tu seras instruite sur-le-champ du contenu de
la réponse. Envoie-moi, à tout hasard, la semaine prochaine, la mère
de Lisette. Je te fais passer ce billet

par notre Jeannette qui vient de rencontrer ton père à cheval près du village, se rendant à la ville; il faut donc que j'abrège pour être sûre qu'il te sera remis avant son retour. Autant mon frère s'était armé de résolution jusqu'au jour de son départ, autant ses adieux furent pénibles; on eût dit qu'il allait se séparer de nous pour toujours. Ta lettre lui a brisé le cœur; il dit qu'elle lui a dévoilé toute l'horreur de son sort. « Mande-lui, ce furent ces dernières paroles, que tous les jours, ainsi que moi, elle regarde le soleil du midi, ce pur et ardent soleil, symbole de notre amour; et tous les jours nous nous réunirons dans un asile dont la main d'aucun homme ne pourra nous fermer l'entrée. »

Adieu, ma chère amie, je suis à jamais ta Charlotte.

LETTRE XIII.

ADOLPHE A SON PÈRE OSWALD.

RASSEMBLEZ, mon père, tout votre courage, toute votre religion, pour lire le récit d'un événement qui ruine tous vos plans, et toutes les espérances de votre Adolphe. Je suis la victime de la plus infâme trahison. Vous savez qu'en partant de Mayenthal, j'étais seul dans la voiture de poste : au premier relai, il y entra un recruteur prussien en habit bourgois ; et, dans un cabaret isolé, non loin du village de Wildheim, où il trouva encore trois de ses complices,

je fus enrôlé de force, sous le pré-
texte que j'étais un homme suspect
de vagabondage, parce que je n'a-
vais point de passe-port. Epargnez-
moi, mon père, le récit détaillé des
humiliations et des chagrins que j'ai
éprouvés. J'ai passé quatre semaines
parmi les recrues; j'ai fait tous mes
efforts pour abréger le noviciat de
mon-esclavage. J'ai appris l'exercice
du matin au soir, et suis enfin par-
venu à être aussi savant que mes maî-
tres. Il y a huit jours que j'ai rejoint
ici le régiment de F**. Je ne souffre
aucune privation; si cela était, je le
sentirais à peine. Mon argent est entre les mains de mon capitaine, qui
le garde en dépôt, afin de s'assurer
de moi; cependant il m'en donne,
à ma demande, des à - comptes de
quelques gros, et jusqu'à un florin.
C'est un bonheur que ma malle ait

été expédiée par une voiture de rou-
lage; sans cela elle eût été la proie
de mes voleurs.

Il est évident, mon cher père,
que le plan diabolique de mon en-
lèvement avait été formé avant mon
départ. Ce ne sera pas aux lois, mais
à la conscience à en punir l'auteur;
il n'est pas difficile, du moins pour
moi, de le deviner.

J'ai fait ici la connaissance d'un
jeune homme qui, en peu de jours,
est devenu mon ami. Il vient de perdre sa place de régisseur par la mort
du seigneur auprès duquel il était
employé; et il est résolu d'aller chercher fortune à l'étranger. Il se nomme Erdmann. Je lui ai conseillé de
diriger sa route par nos contrées, et
il m'a promis de passer par Mayenthal. C'est chez lui que j'écris cette
lettre qu'il vous remettra : je préfère

cette voie pour vous donner de mes nouvelles , quoiqu'elle soit plus lente, parce qu'il est défendu aux soldats d'écrire par la poste autrement que par lettres décachetées (1). Cet estimable jeune homme vous instruira de quelques particularités de mon aventure : quand même j'en aurais le temps, je n'aurais pas le courage de le faire moi-même. Comme Rosette ne pourra pas ignorer long - temps mon malheur, je conjure Charlotte de l'en instruire avec tous les ménagemens possibles : lui dévoiler tout, serait lui donner la mort. N'oublie pas de lui dire, ma chère sœur, que malgré mon état d'esclave, je ne

---

(1) Cette mesure est d'une exécution facile en Allemagne, où il n'y a point de boîte pour les lettres, que l'on remet directement à l'employé de la poste.

manque jamais de regarder le soleil à l'heure de midi, et que je puiserais l'existence dans cette source, si la soif de la vie n'était pas éteinte dans mon âme. On parle d'une guerre prochaine. Je ne chercherai pas la mort, mais je la fuirai encore moins. Votre image, ô le meilleur des pères ! et vos sages préceptes, m'accompagneront sur le champ de bataille, et je serai digne de vous comme soldat, ainsi que je l'eusse été comme étudiant.

Mon nouveau maître, le tambour, m'appelle ; adieu mes chers, mes éternellement chers parens ! plaignez, aimez, bénissez votre malheureux fils.

~~~~~~

LETTRE XIV.

ROSETTE A CHARLOTTE.

———

Le repos que devait me procurer le départ d'Adolphe s'est encore de plus en plus éloigné avec lui. Son silence, ma chère amie, ne peut avoir que des causes funestes : puissent les nouvelles que j'attends de toi par le retour de Jeannette, tarir au moins cette source de mes nombreux chagrins ! Si ton estimable père ne m'avait pas appris à rejeter l'idée de la puissance des mauvais génies sur les hommes, comme une chimère enfantée par la superstition, chaque

4.

jour me confirmerait dans la croyan-
ce qu'un démon se plaît à déjouer
toutes mes précautions, et à déceler
mes démarches les plus secrètes.

Depuis quelques jours mon père
avait été avec moi alternativement
affable ou indifférent, mais jamais
dur. Une seconde visite de son pupille, dont j'ai écouté avec une patience héroïque les sots propos et les
cajoleries plus dégoûtantes encore,
n'a pu lui donner l'ombre d'aucun
mécontentement contre moi. Cependant son front s'obscurcit de nouveau la semaine derrière; je fus
encore nommée Rose tout court;
il mettait un ton si grondeur, si im-
périeux dans ses demandes et dans
ses ordres que j'étais presque toujours
tremblante en sa présence. Je l'étais
encore hier lorsqu'il me réprimanda
très-amèrement pour avoir, par dis-

traction, renversé son verre en lui versant à boire. « Tu n'as pas d'yeux, » pas de réflexion, et ta mauvaise » conscience est cause de tout cela. » Je soupirai. « Voilà encore un de » ces soupirs, continua-t-il, qui » m'accusent devant Dieu. » — Ah! mon père, mon cher père, quel monstre croyez-vous donc que je sois? Comment ai-je pu mériter ce cruel soupçon? — Par ta désobéissance.

— Désobéissance! repris-je en sanglotant et en joignant les mains.

— Il faut que je l'avoue, ce jésuite d'Oswald a fait de toi une hypocrite consommée. »

Pardonne-lui, ma Charlotte; moi aussi, je lui ai pardonné. J'étouffai un second soupir, et je me tus. Quelques minutes après, je reculai ma chaise pour me lever de table.

« Encore un mot, mademoiselle.

Combien vous reste-t-il des ducats que je vous ai donnés il y a quelques semaines ? »

Cette question me pétrifia ; je restai immobile sur ma chaise, et ne pus proférer une parole.

« N'entends-tu pas ? je voudrais voir tes ducats. Tu as toujours été bonne ménagère ; ils ne peuvent encore être dépensés. Ta bourse ! »

Charlotte, je crois que ma main tremblait en lui remettant la bourse ; mais mon cœur ne tremblait pas.

« Eh, eh !... à peine un florin ! dit-il en comptant ma monnaie ; où sont donc tes ducats ?

— Je ne les ai plus.

— Qu'en as-tu fait ?

— J'en ai payé une dette. »

Il me regarda fixement entre les deux yeux. Je ne les baissai pas, j'avais dit la vérité.

« —A qui devais-tu ? »

Je gardai le silence ; et je crois que mes yeux durent lui dire : Mon père, respectez mon secret.

« —Tu les as donnés à ton drôle ! misérable..... »

Je ne saurais écrire l'épithète qu'il ajouta. Mon cœur se révolta. J'eus la force de me lever et de quitter la chambre sans reprendre ma bourse. Je ne sais, ma Charlotte, si la fierté de l'innocence me donna dans ce moment une contenance particulière ; mais la voix de mon père se radoucit tout-à-coup. « Va, me cria-t-il, j'oublie volontiers ce tour, si tu veux oublier le drôle. » Je ne l'oublirai jamais, pensai-je en moi-même ; et mon âme se serra plus fortement contre son image.

Laisse-lui ignorer cette scène, ma Charlotte ; son cœur souffre assez de

ses propres douleurs. Je ne cache
rien au tien. Que deviendrais-je, si
je n'avais pas une amie dans le sein
de laquelle je peux déposer le secret
de mes peines?

———

~~~~~~

LETTRE XV.

CHARLOTTE A ROSETTE.

———

Lis, ma sœur, et pleure avec nous ; mais ne te désespère pas : jamais l'innocence n'est plus près du triomphe qu'au moment où elle paraît arrivée au comble du malheur. L'écrit dont tu trouves ci-joint un extrait, nous a été remis aujourd'hui par un voyageur dont mon pauvre frère s'est fait un ami. Il restera encore quelques jours parmi nous. Il faut qu'il nous raconte tout, tout ce qu'il sait. C'est un jeune homme intéressant, qui prend la part la plus vive à nos chagrins, ce qui contribue un peu à les adoucir. Si nous pouvions, ma chère amie, te posséder dans notre triste cercle! tu t'appuierais sur nous, et nous aiderais à supporter nos peines. Cache cependant, avant tout, ta douleur à ton père. Je conclus de ta lettre que notre malheur serait un triomphe pour lui. Erdmann, c'est le nom de l'étranger, nous assure qu'il a laissé mon frère triste, il est vrai, mais résigné; quoique sans espérance, il n'en a pas conçu de désespoir. En voilà assez pour les premiers jours de cette école d'adversité. Adolphe a du courage et de l'honneur; il se distinguera, et s'élèvera bientôt au-dessus des misérables qui lui imposèrent ses chaînes. Aide-nous, mon amie, à implorer pour lui la divine Providence : elle ne le soumettrait

pas à de si terribles épreuves si elle
ne voulait pas le conserver pour toi
et pour nous, et en faire un homme
d'une vertu éprouvée.

LETTRE XVI.

ROSETTE A CHARLOTTE.

Je viens, ma Charlotte, de perdre
six semaines de mon existence, sans
savoir ce qu'elles sont devenues. A
peine avais-je achevé la lecture de
ta lettre, que j'éprouvai frissons sur
frissons : mes jambes sortirent de
leurs articulations. Je pus à peine
atteindre mon lit, qui, cependant,
n'était pas à quatre pas de moi ; je
tombai dessus en travers, sans pourtant perdre tout - à - fait connaissance. Je ne pouvais ni soupirer ni
pleurer ; je ne pouvais que trembler ;

mes yeux n'étaient point fermés, et
je ne pouvais rien voir; je n'étais
pas endormie, et pourtant je ne pouvais rien entendre. Oh! ma sœur, tu
ne sais pas tout, ou bien, par pitié,
tu n'as pas voulu m'instruire de tout
ce que la triste nouvelle du sort d'A-
dolphe a d'affreux pour moi. J'étais
étendue comme un criminel sur la
roue, qui, les membres déjà rompus,
attend le coup de grâce de la com-
misération de son bourreau. Je ne
sais combien de temps dura mon
anéantissement; lorsque je revins à
moi, je sentis mon visage inondé des
larmes de Lisette, qui, pâle comme
la mort, était couchée sur moi. Elle
avait caché dans son sein les lettres
qu'elle avait trouvées à côté de moi
sur le lit, et ne cessait de m'appeler
par mon nom avec l'accent étouffé
de la douleur. Enfin, je pus lui don-

ner un signe de vie. Ma première
pensée n'était pas pour Adolphe, pas
pour toi, mon amie, mais pour mon
père. L'idée qu'il pourrait monter
chez moi et y trouver ces affreux do-
cumens, me frappa comme un coup
de foudre; je me ressouvins que je
les tenais dans la main lorsque mes
sens m'abandonnèrent, et je tâton-
nai autour de moi pour les saisir. Lisette me devina. Les voilà, me dit
cette bonne fille; je les ai cachées,
de peur........ Alors je recouvrai la
parole; d'une voix éteinte, que la
crainte d'être entendue par mon père rendait plus faible encore, je priai
Lisette de prendre dans mon armoire mon portefeuille qui ferme à clef.
J'y serrai les lettres, et lui dis : Jure-
moi, mon amie, d'accomplir ma dernière volonté. Elle me tendit la main
en pleurant. Porte, dès que tu le

pourras, ce portefeuille à ta mère,
et conjure-la, par la tombe où je vais
descendre, de le remettre après ma
mort à Charlotte. Elle vous récompensera toutes deux de ce dernier
service; pour moi, je ne le puis. Lisette me promit tout, et je devins
plus tranquille. Mon père, qui attribuait peut-être mon état au chagrin
qu'il m'avait causé la veille, parut
ne pas faire d'abord une grande attention à ma maladie. Il vint me
voir, parla peu, et de choses dont je
ne me souviens plus; et ce n'est que
le troisième jour après que j'eus entièrement perdu connaissance, qu'il
fit appeler le médecin. Je flottai pendant trois semaines entre la vie et la
mort; je n'ai su que par Lisette, qui
n'avait quitté ni le jour ni la nuit le
chevet de mon lit, ce qui m'était arrivé pendant ce temps-là. Le méde-

cin m'avait condamnée; et dès ce moment mon père redevint père à mon égard. Sauvez mon enfant, mon unique enfant, lui dit-il, la moitié de ma fortune sera votre récompense. L'on m'appliqua des vésicatoires; les douleurs du premier pansement me réveillèrent un moment du sommeil de la mort. J'aperçus le médecin qui portait une redingotte bleue. Ah! m'écriai-je, le recruteur! le recruteur!... qu'il s'éloigne, qu'il s'éloigne!...... Et je perdis de nouveau connaissance. Mon père ne put supporter cette scène; il se précipita hors de ma chambre, comme s'il était poursuivi par un assassin; et depuis ce moment il n'accompagna plus le médecin que jusqu'à ma porte. Enfin, ma jeunesse l'emporta; ma convalescence fut cependant si lente, et je suis encore si faible, qu'il m'a fallu cinq jours pour t'écrire ce peu de lignes d'une main tremblante. Je ne sais si je dois me réjouir de ma guérison ; cependant la vie est un bienfait de Dieu ; si elle doit être pour moi un fardeau, il m'aidera à le supporter.

Adieu, sœur de mon cœur ; embrasse tes chers parens pour moi. Lisette m'a rendu compte de la tendre et craintive sollicitude avec laquelle ils ont journellement fait demander de mes nouvelles auprès de sa mère. Si j'étais morte, ma première intercession devant le trône du Dieu de miséricorde eût été pour eux.

~~~~~~

LETTRE XVII.

ADOLPHE A SON PÈRE.

———

Je vis encore, mon excellent père, et je trouverais même supportable ma position , si elle ne me séparait de tout ce que j'ai de plus cher au monde. Mon ami Erdmann vous aura remis la relation de mon infortune et y aura suppléé par ses récits. Depuis lors il ne m'est rien arrivé de remarquable ; mais maintenant la guerre est déclarée, et hier notre régiment a eu l'ordre de marcher vers la frontière de la Bohême. J'ai employé, pendant cet hiver, mes heures de loisir à la lecture de bons ouvrages sur l'art de la guerre, que me prêtait notre lieutenant-colonel, chez lequel je travaillais souvent à faire des copies. Cette préférence me procure toutes sortes d'avantages qui allégent le poids de mes chaînes, et cependant je n'oublierai jamais qu'elles m'ont été imposées par une infâme violence. Mon capitaine est un maître sévère, mais juste. Il ne m'a encore adressé qu'une seule réprimande, mais qui a manqué de me conduire aux arrêts, parce que je m'étais avisé de me justifier. L'ouverture de la campagne aura donc lieu dans quelques semaines. Alors, mon cher père, vous aurez plus souvent de mes nouvelles. Deux de mes camarades, qui n'ignorent pas mon aventure, me proposèrent, il n'y a pas encore long-temps, de déserter avec eux. Quoique, au fond de mon cœur, je ne me regarde pas comme lié, j'obéis à une voix intérieure qui me dissuadait d'accéder à cette proposition. Ils désertèrent sans moi, et furent rattrapés. La punition terrible et ignominieuse qu'ils subirent justifia mes pressentimens. Un bourgeois de cette ville, au fils duquel je donne, depuis quelque temps, des leçons d'écriture et d'arithmétique, m'a offert de vous faire parvenir cette lettre. Veuillez, mon cher père, en communiquer le contenu à Rosette. J'ai oublié de vous dire que j'avais sauvé ma montre. Elle est l'unique, mais aussi le plus précieux trésor qui me reste. Aussitôt que je suis seul, je baise le ruban qui y fut attaché par l'Amour. En me répondant, servez-vous de l'adresse ci-dessous indiquée.

LETTRE XVIII.

CHARLOTTE A ROSETTE.

J'ai arrosé, ma chère sœur, des plus douces larmes de la félicité le témoignage de ton retour à la vie. Que n'avons-nous pas souffert, et surtout moi, qui me regardais comme la cause de ta maladie qui, je l'avais appris, s'était déclarée pendant que tu lisais ma lettre ! Que d'éternelles actions de grâces soient rendues au Tout-Puissant qui a fermé la tombe sous tes pas ! Lorsqu'il en sera temps, il guérira aussi la plaie de ton cœur. Surtout ménage-

toi bien, ma fidèle amie, et aussi long-
temps que tu te fatigueras en écri-
vant, ne me fais donner que verbalement de tes nouvelles. Je t'envoie
ci-joint une recette qui, je l'espère,
te fera recouvrer tes forces plus tôt
que les ordonnances de ton médecin.
C'est une lettre de notre bon Adolphe; je n'ai pas besoin de te recom-
mander les précautions pour me
la renvoyer. Elle nous a fait autant de plaisir que la tienne. Tout
est gagné, puisque mon frère commence à s'accommoder de sa situation.
Qui sait si ce sentier épineux n'est
pas la route que la Providence a dé-
signée pour vous réunir un jour? Je
t'avoue, sans rougir, ma chère,
qu'Erdmann, l'ami d'Adolphe, est
devenu pour moi ce que celui-ci est
pour toi. Il ne s'était proposé de rester avec nous que peu de jours; mais

nos chagrins et nos inquiétudes sur le sort de mon frère ayant augmenté les infirmités dont mon père se ressent ordinairement à l'approche de la saison rigoureuse, cet aimable jeune homme a offert de se charger de ses fonctions quant à l'instruction publique. Il a fait ses preuves devant notre pasteur, et en a obtenu son approbation et l'autorisation nécessaire. Il est donc notre commensal depuis trois mois, et il me fit, la semaine dernière, la déclaration de ses sentimens d'une manière si loyale, si franche et si modeste, que je ne pus lui cacher l'impression que son mérite sans faste avait faite sur mon âme. Je le renvoyai à mes parens. Il leur parla hier; et s'il parvenait à obtenir un état dans nos contrées, ils consentiraient avec plaisir à couronner notre amour. Erd-

mann est le fils d'un employé du du-
ché de Bareith; il perdit de bonne
heure ses parens, qui lui laissèrent de
quoi satisfaire son goût pour l'étude
de l'économie rurale. Après son
retour de l'université, il régit les
biens d'un seigneur dont la mort le
laissa sans emploi. Outre les talens
de son état, Erdmann possède beaucoup d'autres connaissances précieu-
ses, et son goût pour le beau et l'u-
tile est si pur, si délicat, que nos
soirées d'hiver nous paraissent aussi
courtes dans sa société que du temps
où Adolphe nous faisait la lecture
des chefs-d'œuvre de la science et de
l'esprit que nous écoutions avec tant
de plaisir, assises à côté de notre mère et occupées de nos rouets. Que ne
m'est-il permis de présenter mon
amant à la sœur de mon cœur, de
lui demander son amitié pour lui!

Mais ce jour luira , mon cœur m'en donne tout haut l'assurance ; alors je me dédommagerai sur le sein de ma Rosette, en lui payant les arrérages des embrassemens que je suis, depuis si long-temps, obligée de lui retenir.

~~~~~~

LETTRE XIX.

ROSETTE A CHARLOTTE.

———

Il est bien vrai, mon amie, que ta
lettre a versé sur mon cœur un baume salutaire. Elle m'est arrivée fort
à propos ; deux heures auparavant
mon père m'avait amené son Hartwig dans ma chambre. Depuis ma
maladie il ne m'en avait pas dit un
mot. Sa vue me saisit tellement, que
je ne pus répondre que par un signe
de tête, et en tremblant, aux félici-
tations qu'il m'adressait sur ma convalescence. Tu peux juger de là,
mon amie, si notre conversation

était bien animée. J'ai cependant réparé ma faute lorsqu'il prit congé; car alors je pus articuler distinctement mes remercîmens. Lorsqu'il fut parti, mon père se plaça devant moi, et me dit : « Il faut maintenant que tu récompenses ta garde-malade; voici de l'argent. » A ces mots il me mit ma bourse dans la main. Cette vue me rappela une des scènes les plus pénibles de ma vie. Je laissai tomber la bourse et n'eus pas la force de la ramasser. Mon père le fit pour moi, et la jeta à côté de moi sur la table, pendant que je faisais tous mes efforts pour lui exprimer ma reconnaissance. Il dut lire mon embarras sur tous les traits de mon visage, et cette scène muette dut également réveiller en lui un souvenir qui ne pouvait lui être agréable. Il me quitta brusquement en me disant : « Sois

tranquille, tout est oublié. » Quelques instans après j'ouvris la bourse;
elle contenait quatre carolins. Ce
présent me fit plaisir par rapport à
Lisette et à sa bonne mère. Je venais
d'en séparer une partie que je lui
destinais, lorsque cette bonne fille
entra pour me remettre ton message;
il me rendit la vie. Pardonne-moi,
Charlotte, j'ai lu la lettre d'Adolphe
avant la tienne. Je me trouve infiniment soulagée de voir qu'il sup-
porte son malheur avec tant de fermeté; mais sa lettre ne saurait, mal-
heureusement, guérir la plus profonde blessure de mon cœur; mon père
seul le pourrait. Dieu! s'il voulait,
seulement pour un instant, ressem-
bler au tien! heureuse amie! ton
amour n'a pas trouvé en lui un per-
sécuteur, mais un ange protecteur
et un guide. Que je serais heureuse

de bénir ton amour dans tes bras!
Embrasse de ma part ton Erdmann,
et si tu écris à Adolphe, dis-lui aussi
quelque chose pour moi. Maintenant
que tu aimes toi-même, ma Charlotte,
tu peux, mieux que jamais, être auprès de lui l'interprète de mes sentimens.

LETTRE XX.

ADOLPHE A SON PÈRE.

———

MAINTENANT, ô le meilleur des pères, je connais l'état pour lequel je suis né : c'est celui de soldat. Mon lot est tiré, c'est la main de la Providence elle-même qui l'a fait sortir.

Nous étions restés, depuis quelques semaines, assez tranquilles dans nos cantonnemens; mais il y a huit jours que notre poste fut attaqué à l'improviste par des forces supérieures. Nous nous défendîmes comme des lions. La plus grande partie de ma compagnie prit position avec le dra-

peau dans un verger défendu par
une haie épaisse. Nous combattions
déjà depuis une demi-heure ; deux
de nos officiers étaient tués, la haie
était enfoncée à plusieurs endroits,
lorsque le porte-drapeau tomba à mes
côtés. Je saisis le drapeau, je l'ap-
puyai contre un arbre à côté de moi,
et je continuai mon feu. Un obus
fracassa l'arbre, et j'en reçus une
contusion à la cuisse. Le coup me fit
tomber ainsi que le drapeau. Je m'en
enveloppai, et voulus essayer, quoique assis, d'ajuster un jeune officier
d'état-major qui commandait l'atta-
que avec un sang-froid admirable. Le
coup atteignit la tête de son cheval,
qui s'abattit avec son cavalier. Au
même moment quelques grenadiers
passent à travers la haie, et fondent
sur moi la baïonnette en avant. Ne
le tuez pas, s'écria de toutes ses for-

ces le jeune officier qui venait de se relever et s'était approché de la haie. J'étais entouré; l'on m'offrit quartier, et je mis bas les armes. J'étais un des derniers à me rendre. La plupart de mes camarades étaient ou morts ou déjà prisonniers. Mon sauveur s'approcha de moi, et ordonna de me débarrasser du drapeau. « Bravo, bravo, mon ami ! me dit-il ; êtes-vous Prussien ? — Non, monseigneur. — De quel pays? — Je lui nommai ma patrie. — Vous êtes donc un de mes sujets ? — Dans ce moment un grenadier me dit à l'oreille que c'était le prince héréditaire de **. Le front du jeune héros s'était un peu obscurci. Tous mes camarades, repris-je, peuvent attester qu'étant en route pour me rendre à l'université, je suis tombé, par la ruse et la violence, entre les mains de recruteurs prussiens.

Cela est vrai, s'écrièrent trois ou quatre de mes camarades, prisonniers comme moi. « Et quand même cela ne serait pas vrai, dit le prince avec la plus grâcieuse affabilité, vous vous êtes comporté en brave, et j'aime la valeur même dans ceux qui tuent mon cheval sous moi. J'espère que votre blessure n'aura pas de suite dangereuse. » Ce n'est qu'une contusion, reprit le chirurgien qui venait de me visiter par son ordre. « Ayez soin de lui, dit le prince en s'en allant, et faites-m'en votre rapport demain. » Tout-à-coup il revint à moi. « N'auriez-vous pas envie, mon brave, de prendre du service dans mes hussards ? vous y entrerez comme maréchal-des-logis; et si vous vous comportez bien, j'aurai soin de vous. » J'étais ému jusqu'aux larmes. « Mon souverain, mon sauveur, lui

répondis-je, a les premiers droits sur
mon bras; mon sang, mon cœur sont
à lui pour jamais ! » Le prince sourit. — « Bien, mon ami, vous ne
vous en repentirez pas. » Il parla alors
à quelques officiers ; et lorsqu'il se
fut éloigné, on me transporta, avec
deux officiers impériaux blessés, dans
une maison particulière, où l'on me
prodigua des soins. Le prince fit
tous les jours demander de mes nouvelles ; et j'ai essayé hier pour la première fois de me lever. Le chirurgien
m'assure que dans la quinzaine je
pourrai exercer mes nouvelles fonctions.

J'en étais là, mon père, lorsque
mon généreux protecteur vint me
visiter dans ma chambre. « Eh bien,
me dit-il en entrant, comment se
porte M. le maréchal-des-logis ? C'est
bien de vous trouver debout. » Je ne

pus que balbutier quelques mots; mais le prince comprit mon langage. Il me tendit la main. Je ne la baisai point; mais je la pressai contre mon cœur qui battait fortement sous elle. Un serrement de main me prouva que cette liberté ne lui avait pas déplu. « Soyez toujours aussi brave que vous le fûtes le jour où nous fîmes connaissance, et, dès que vous pourrez sortir, faites-vous annoncer chez moi. Je donnerai, en attendant, mes ordres pour votre équipement. » A ces mots il me quitta. Je voulus l'accompagner, mais il s'y opposa absolument.

Oh! mon père, comment pourrais-je vous peindre tout ce que j'éprouve! Je sens seulement aujourd'hui que l'on peut être soldat sans être esclave. Ma vocation me porte à cet état; recevez ici mon serment de lui faire

honneur, et veuillez donner à ma
Rosette des nouvelles de mon heureuse et subite métamorphose. Aujourd'hui à midi, je fixerai, pour la
première fois, le soleil d'un œil se-
rein. Dieu! si je pouvais contempler
un seul moment le visage de cet ange!
un seul de ses regards me serait plus
précieux que tout ce qu'un prince
pourrait me donner.

P. S. Ma lettre n'a pu partir hier.
J'ai reçu aujourd'hui la visite de mon
nouveau capitaine. Il paraît être un
militaire brave et expérimenté. Il a
permis, mon cher père, que vous
m'écrivissiez sous son couvert.

Je ne suis pas étonné de n'avoir
pas reçu de réponse à ma dernière
lettre. Le changement de ma résidence et de mon sort en est la cause.

Ne pourriez-vous pas me donner
des nouvelles d'Erdmann?

~~~~~~

LETTRE XXI.

OSWALD A ADOLPHE.

———

LE fils le plus tendre, mon cher
Adolphe, s'il n'est point père lui-
même, ne saurait se faire une idée
des jouissances d'un cœur paternel.
Le ravissement de deux amans qui
sont tout l'un pour l'autre est extrême ; mais celui de parens aimans qui
voient leur fils unique parcourir le
chemin de l'honneur et de la vertu,
est encore bien au-dessus. Oui, mon
brave Adolphe, quand j'essaierais de
te peindre les transports de notre joie
sur ton avancement et sur tout ce qui

te l'a procuré, ton cœur ne pourrait
encore t'en donner une idée parfaite.
Je pense avec toi que ta carrière est
maintenant fixée. Je ne t'avais pas
élevé pour l'état militaire; mais le
maître des destinées a choisi. J'ai
souvent craint, en observant dans le
silence l'essor de ton esprit, que la
sphère d'activité pour laquelle je te
destinais ne fût trop bornée pour
toi. Te voilà sans entraves; les bar-
rières qui t'arrêtaient sont rompues,
et tu peux poursuivre sans obstacle
ta marche courageuse. Ne précipite
cependant rien, ne heurte personne,
et ne te laisse pas égarer par l'orgueil en croyant obéir à l'honneur.
Demain ta Rosette lira ta lettre. La
pauvre enfant était bien près de la
tombe; la nouvelle de ton enlève-
ment l'avait anéantie. Nous avons
pu juger, sur quelques mots qui lui

sont échappés, qu'elle suppose aussi que son père est l'auteur de cette trahison. Depuis quelque temps on la laisse en repos au sujet de Hartwig. Tu vois, mon cher fils, que dans nos contrées l'aurore du bonheur se lève aussi pour toi. Quand tu seras une fois officier, alors j'espère que l'orgueilleux Reinhard en rabattra. Au surplus, mon cher Adolphe, ta sœur est à peu près fiancée. Si tu avais reçu ma réponse à ta dernière, tu pourrais deviner quel est ton futur beaufrère. Je laisse à Charlotte le soin de le nommer. Elle ne veut pas renoncer à ce plaisir, puisque c'est de ta main qu'elle a reçu son amant. J'ai fait des démarches auprès du consistoire pour le faire nommer mon adjoint. Comme à présent, cher Adolphe, tu ne vaudrais plus rien pour être instituteur, je pense que tu

n'auras rien à objecter à ce que je te
cherche un successeur, d'autant plus
que cette place restera dans la famille.... J'espère faire appuyer ma
demande par M. de Wertheim, qui
est attendu la semaine prochaine au
château, et qui, avant d'avoir fixé
sa résidence en Saxe, avait toujours
eu beaucoup de bontés pour moi.
Quoiqu'il ne soit ici que coseigneur,
sa recommandation sera toujours
d'un grand poids.

Adieu, mon bon cher fils. Comme
tu jouis maintenant de plus de liberté, j'espère que tu nous écriras plus
souvent; fais-le pour le repos de nous
tous.

~~~~~~~~~~~~~~~~~~~~~~~~~~~~~~~~~~~

LETTRE XXII.

CHARLOTTE A ROSETTE.

———

NE t'avais-je pas dit une fois, ma
sœur, que jamais l'innocence n'est
plus près du triomphe qu'au moment
où elle paraît arrivée au comble du
malheur? Mes pressentimens se sont
vérifiés. Je t'envoie, ma chère, mon
adorable amie, l'évangile de notre
bonheur domestique. Je n'entre-
prendrai pas de t'en tracer le tableau;
je laisse ce soin à ton cœur. Il est
vrai que le courage de notre jeune
héros me fait quelquefois trembler

pour lui; mais ma confiance l'emporte sur mes craintes. Je ne te parle pas aujourd'hui de mon bien-aimé; tu ne dois t'occuper que du tien. Cependant notre bon père n'oublie pas sa fille pour son fils. Il va, au premier jour, tenter une démarche dont je ne te dirai rien avant de pouvoir t'en annoncer en même temps le succès. Toute la famille Wertheim passera la belle saison à son superbe château, près duquel nous avons passé tant de soirées d'été à causer sous la belle allée de tilleuls. Elle arrive pour éviter le spectacle de la guerre, dont ses possessions en Saxe sont menacées de devenir le théâtre. L'on fait ici toutes sortes de préparatifs de réception; moi et les miens, nous y aurons des rôles à remplir. Pour que cette lettre te parvienne plus tôt, ma bonne amie, Jannette la remet-

tra encore ce soir à notre bonne
vieille. Aie bien soin de me renvoyer la lettre d'Adolphe le plus tôt
possible.

———

~~~~~~~~~~~~~~~~~~~~~~~~~~~~~~

LETTRE XXIII.

RÉPONSE DE ROSETTE.

———

C'EST aussi pour moi , ma chère , ma bonne Charlotte , que ta lettre a été un évangile. Depuis long-temps Adolphe est mon bien-aimé, je ne m'attendais pas qu'il serait un jour mon héros; ce noble et excellent...; je ne trouve point d'épithète assez belle pour lui. J'admire encore davantage sa conduite envers le prince que sa valeur dans le combat. Sa fierté est pure dans sa source , et je me fais presque un reproche de ce que nous lui en avons si souvent fait

la guerre. Que j'aime maintenant
notre prince héréditaire! j'ai senti
son serrement de main dans toutes
les fibres de mon cœur; il me semblait l'entendre dire, comme Henri IV
dans une circonstance semblable : *Je
connais cela*. Tu vois, ma Charlotte, que je n'ai pas encore oublié
le peu de français que je savais.

Combien je serais heureuse si les
poursuites d'Hartwig ne me mena-
çaient d'un nouvel orage! Il y a
quelques jours qu'il vint encore me
voir; mon père était sorti; j'espérais
que cette circonstance, dont je lui
fis part, me débarrasserait de sa présence; mais il resta, et il monta la
conversation sur le ton d'une fami-
liarité presque offensante. « Votre
père, me dit-il, fait des démarches
auprès du grand-bailliage pour obtenir mon émancipation, et j'espère

qu'alors notre mariage ne souffrira plus de retard. Une belle aubergiste est un plus beau soleil que celui qui brille sur mon enseigne. » Il riait seul de cette sotte idée. Cependant je me contins. « Je suis encore trop jeune, lui dis-je, pour être aubergiste. — Oh ! tout cela s'apprend, reprit-il ; je vous apprendrai bien autre chose. » J'étais rouge de colère. L'arrivée de mon père mit fin à ma contrainte. « Bien, bien, jeunes gens, nous dit-il, j'aime à voir cela. » Notre affaire ira, dit-il tout bas à cet être mal élevé qui se retira bientôt après. Charlotte, bonne Charlotte ! le mur qui me sépare de mon Adolphe n'est pas encore abattu. Un homme qui aurait quelques sentimens serait découragé de ma froideur ; Hartwig n'est pas de cette trempe : il porte sur sa figure une expression d'effronterie qui me fait tout craindre ; aussi ses mœurs répondent-elles à la liberté indécente de ses regards, et justifient l'opinion que j'ai conçue de lui. J'oubliais de te dire que Lisette l'a surpris, pendant ma maladie, dans une conversation plus qu'intime avec une jeune orpheline au service de celui qui tient aujourd'hui son auberge. Voilà la conduite de ce misérable pendant que celle qu'il espère avoir bientôt pour femme luttait contre la mort. Mais pourquoi mêler du fiel dans la coupe de ton bonheur ? Non, ma Charlotte, il t'est permis d'en goûter la douceur dans toute la plénitude, tandis que mes lèvres sont réduites à n'en effleurer que le bord.

LETTRE XXIV.

CHARLOTTE A ROSETTE.

L<small>E</small> ton de ta dernière lettre a tempéré ma joie, ma bonne amie, quoique j'aie à te raconter l'événement le plus important de ma vie, et qui, je l'espère, en sera aussi le plus heureux.

La famille de Wertheim arriva lundi dernier au château : il avait été décidé que M. le pasteur, son épouse, mes parens, ainsi que moi, nous irions la complimenter après le dîner. Mon père, voulant présenter son adjoint au baron, il a fallu

qu'Erdmann se joignît au cortége.
Nous fûmes reçus de la manière la
plus grâcieuse ; et, au moment où
nous nous disposions à nous retirer,
un jeune homme, M. de Dittmar,
beau-fils du baron, entra dans le sa-
lon. A peine eut-il aperçu mon fiancé, qu'il courut à lui les bras ouverts : « Eh ! cher Erdmann, comment se fait-il que nous nous ren-
contrions ici ? » La joie d'Erdmann
ne fut pas moins vive en retrouvant
dans ce jeune gentilhomme un de
ses plus chers camarades d'université,
qu'il avait perdu de vue depuis plusieurs années. « Je ne veux pas vous
retenir maintenant, dit celui-ci à mon
amant, mais je compte vous aller
voir ce soir pour nous entretenir du
temps passé et de ce qui nous est arrivé depuis. » M. de Dittmar vint en
effet sur le soir, et Erdmann lui ra-

conta par quel événement il était venu à Mayenthal, et de sa résolution de s'unir à moi si, à défaut d'un emploi plus avantageux, il pouvait seulement obtenir la survivance de la place de mon père. « Je vois bien, cher ami, que vous vous entendez mieux au choix d'une femme qu'à celui d'un emploi, et que vos amis devront s'occuper pour vous de ce dernier article. » Après cette déclaration obligeante, M. de Dittmar prit congé, en invitant Erdmann à déjeuner pour le lendemain. Mon amant se rendit à l'invitation; et pendant que les deux amis causaient familièrement ensemble, le baron vint les trouver : ses traits portaient l'empreinte de cette sérénité du philantrope qui se réjouit de pouvoir faire du bien. « Mon fils, dit-il à Erdmann, m'a instruit de votre carac-

tère, de vos talens et de votre position actuelle : j'ai fait hier la connaissance de votre fiancée, et ma famille
désire, ainsi que moi, que vos noces
soient célébrées au château ; en con-
séquence, je vous offre la place de
mon intendant, qui se trouve va-
cante par la promotion du titulaire
à un poste plus tranquille. Cet emploi vous procurera, outre un logement agréable, quatre cents florins
d'appointemens par année, ainsi que
le blé et le bois nécessaires à votre
consommation. » L'émotion d'Erdmann le rendit muet ; mais le baron
lut sa réponse dans ses yeux. « Ne
vous avais-je pas dit, s'écria M. de
Dittmar, que vos amis seraient obli-
gés de vous choisir un état ? » La
parole revint enfin à Erdmann, mais
il ne put jamais me dire de quelles
expressions il s'était servi pour té-

moigner sa reconnaissance à son bienfaiteur. Il dit à M. de Dittmar : « Vous avez bien voulu être ma caution auprès de M. votre père; vous ne vous repentirez jamais de votre noble confiance en ma droiture et en ma probité. »—« Je le sais bien, » répliqua l'autre; et en saisissant le bras d'Erdmann, il ajouta : « Venez, que je présente à votre fiancée M. l'intendant de Mayenthal. » Lorsque je les vis arriver de loin se donnant ainsi le bras, je volai à la porte pour les recevoir. Je crus rêver, lorsque M. de Dittmar m'annonça mon bonheur; il le fit de cette manière affectueuse et cordiale qui ajoute au prix du bienfait sans rendre la reconnaissance pénible. Ma chère amie, il n'était certainement pas moins heureux que nous, lorsqu'il nous vit nous presser autour de lui, et le bénir, en mêlant le sourire du bonheur aux larmes de notre joie. Il en répandit aussi des larmes de joie, et m'adressa quelques-uns de ces propos obligeans qui ne sauraient rendre ni vaine ni confuse; mais c'est après son départ que tu aurais dû nous voir, ma chère Rosette; nous tombâmes, Erdmann et moi, dans les bras de nos bons parens, et c'est sur leur sein que nous reçûmes la première bénédiction nuptiale.

Mon père se rendit, après le dîner, au château, pour faire ses remercîmens au baron, qui lui remit la nomination de son gendre futur. L'intendant le mettra, à la fin de ce mois, en possession de la place et du logement. Ensuite, il arrivera des choses que je dois laisser deviner à ma Rosette, jusqu'à ce que je trouve le temps et l'occasion de l'entretenir verbalement.

LETTRE XXV.

Continuation de la précédente.

———

QUELLE jouissance, mon amie, que celle de faire des heureux! J'envierais cette céleste prérogative à la famille de Wertheim, si elle n'en faisait pas un si noble usage. Il y a quelques jours que nous allâmes, ma mère et moi, lui faire nos remercîmens. La baronne et sa fille, qui est une personne infiniment aimable, nous entretinrent avec tant d'intérêt de nos affaires, témoignèrent tant de plaisir de pouvoir me regarder comme habitante du château, et

nous firent examiner avec une com-
plaisance si engageante mon futur
logement, que je leur souhaiterais
des principautés, afin d'étendre le
cercle d'activité de leur bienfaisance.
Je fis part de ce souhait à mon Erdmann. « Qui sait, me répondit-il, si
les mœurs de cour, changeant leur
bonté en bannale habitude, ne feraient pas perdre à leur âme ce goût
exquis et délicat qui ne se conserve
que par la tempérance même de la
jouissance? » Il pourrait avoir raison; il me semble cependant qu'une
âme vraiment élevée ne saurait tomber dans cette apathie, et qu'elle
pourrait la prévenir en donnant plus
d'aliment et de variété à sa bienfaisance. Dans tous les cas, ses bienfaits seraient toujours des bienfaits
pour ceux qui en seraient l'objet.

Nous en devons un nouveau à la

générosité du baron, et qui devient
inappréciable pour l'arrangement de
notre ménage. La femme de l'intendant, que tu connais, nous céderait
volontiers une partie de son mobi-
lier, afin de diminuer les embarras
de son déménagement. Il en fut
question au château. Mon amant se
montra disposé à accéder à cette
proposition, mais il témoigna en
même temps son embarras pour ras-
sembler les fonds nécessaires au paiement. Il possède bien encore un petit capital, mais il est entre les mains
d'un estimable parent auquel il ne
voudrait pas le retirer. « N'est-ce
que cela? reprit alors le baron; vous
dites que la dette que vous contrac-
teriez pour cet objet envers l'intendant s'élèverait à trois cents florins;
je les avancerai, et vous déduirez
tous les ans sur vos appointemens ce

dont vous pourrez vous passer sans vous gêner. »Oh, excellent homme! nous voilà donc aussi tranquillisés sur ce point, et Erdmann occupera son charmant logement la semaine prochaine. Que ta Charlotte est heureuse de l'espoir de couler ses jours près d'un estimable époux, dans le voisinage de ses parens, et dans le commerce de bienfaiteurs dont la noblesse d'âme commande le respect, et dont l'affabilité bannit la contrainte!

Et toi, ma meilleure amie, ne seras-tu pas un jour tout aussi heureuse? Ma Rosette vaut mieux que moi; son sort ne peut être moins heureux que le mien. La célébration de notre mariage est fixée au quinze du mois prochain. Tu sais que c'est le jour de la naissance de mon bon père. Le baron veut nous donner un

dîner, et dit que ce sera au nom de
son fils; et toi, ma sœur, tu y assis-
teras. Ne t'effraye pas de mon projet, et ne sois pas assez injuste pour
le considérer comme une plaisante-
rie. Sans ta présence , ma joie ne serait pas complète; et M. de Dittmar,
auquel j'ai manifesté hier mon désir, se charge de le réaliser. Tu pen-
ses bien qu'il a fallu l'instruire d'une
partie de ton histoire; mais je n'ai pas
besoin de t'assurer que le cachet de
l'amitié est resté intact. M. de Dittmar a la plus grande envie de connaître Adolphe, ainsi que ma Rosette.
Quelques jours avant mes noces, il
nous accompagnera à Friedlingue
pour appuyer notre invitation. La
vanité de ton père ne pourra résister
aux instances d'un seigneur. Toi et
la jeune baronne vous devez être les
compagnes de la mariée, et après

une séparation de neuf mois, et au jour le plus solennel de ma vie, je jouirai du bonheur de presser dans mes bras la sœur de mon âme. Que pourrais-je maintenant ajouter qui fût digne d'être écrit par moi ou d'être lu par elle?

———

~~~~~~

LETTRE XXVI.

ROSETTE A CHARLOTTE.

—

Deux mots seulement, ma sœur.
Depuis huit jours je suis de nouveau
obligé de garder la chambre. Le
frisson de la fièvre me reprit lorsque
mon père m'annonça que Hartwig
venait d'obtenir son émancipation,
et allait sous peu se mettre à la tête
de son auberge. Alors, ajouta-t-il,
nous parlerons de ton mariage. J'eus
beau vouloir me faire violence, il
mé fallut, une heure après, me mettre au lit. J'imagine que mon père
crut que ce n'était qu'une feinte, du

moins sa physionomie exprima cette pensée. Contre son usage, il envoya de suite appéler le médecin, qui me trouva de la fièvre. J'eus encore deux accès, mais aujourd'hui je me trouve mieux, et j'espère... oui, ma Charlotte, j'espère... Je tremble cependant autant de crainte que de joie lorsque je pense au jour de notre réunion. On connaît ici ton prochain mariage; Hartwig l'a annoncé en ma présence à mon père qui, soit par finesse ou par ménagement, ne me demanda pas si j'en étais instruite. Je ne dissimulai pas le plaisir que me causa cette nouvelle. Hartwig voulut apparemment me dire à cette occasion quelque chose de galant, car il ajouta : « L'on dit que la fiancée est une demoiselle fort aimable. » — « Personne ne connaît mieux que moi tout ce qu'elle vaut, lui répondis - je ; Dieu la bénira. »

Oui, mon amie, Dieu te bénira, et aussi long-temps que je te saurai heureuse je ne serai pas tout-à-fait à plaindre.

LETTRE XXVII.

ADOLPHE A SON PÈRE.

———

Mon excellent père! bientôt j'aurai autant de peine à supporter mon bonheur que j'en avais naguère à soutenir le poids de ma misère. Votre Adolphe est officier, et il l'a été fait dans une occasion dont l'honneur le plus exigeant serait satisfait. Mais permettez-moi de reprendre mon récit de plus haut.

J'ai reçu votre lettre avec celle de Charlotte le matin même où j'ai été présenté à ma compagnie comme maréchal-des-logis. C'était pour moi une double fête, que je n'ai cependant pu célébrer que le soir dans une promenade solitaire. Depuis ce jour, il s'en est passé bien peu sans que j'aye eu l'occasion d'approcher le prince, et de recueillir de nouvelles preuves de son noble caractère et de ses grands talens. Il m'occupait souvent dans son cabinet, et le travail dont il me chargeait contribua bien plus à étendre mes connaissances que tous les livres de tactique que j'avais lus jusqu'ici. Le reste du printemps se passa en marches et en contre-marches presque continuelles qui m'empêchaient d'écrire, et pendant lesquelles il n'y eut que quelques escarmouches peu importantes. Mais le 6 de ce mois fut pour moi un grand jour. Je revenais, à la tête d'un détachement de vingt-cinq hommes, d'exécuter un ordre, lorsque nous entendîmes quelques coups de feu près d'un petit bois qui masquait la plaine. « Camarades, dis-je à mes hussards, il se passe quelque chose par-là; piquons de ce côté. » En cinq minutes nous arrivâmes dans un lieu où une trentaine des nôtres, parmi lesquels je pus distinguer environ six officiers, se battaient contre un parti de dragons prussiens au moins plus fort de moitié. Nous chargeâmes de suite. Notre apparition anima les nôtres d'un nouveau courage. Le combat fut extrêmement chaud, et aucun parti ne voulut céder. J'avais fait attaquer en deux pelotons, afin de diviser l'attention de l'ennemi, et débarrasser ainsi plus promptement nos camarades accablés par le nombre, et dont quelques-uns étaient déjà hors de combat. Je vis par hasard deux dragons galopper vers la forêt, en emmenant un officier de notre régiment qu'ils avaient fait prisonnier. Vous n'aurez pas celui-là, pensai-je en moi-même. Je volai aprés eux comme un trait, et jetai en bas de son cheval un dragon, au moment où il se retournait pour me faire face. A peine l'autre dragon s'en fut-il aperçu, qu'il allongea un terrible coup de sabre, non sur moi, mais sur le prisonnier qui, dans ce moment, cherchait à s'échapper. Il l'évita, et le coup ne fit qu'effleurer son bras. Je ne lui laissai pas le temps d'en porter un second; car, au moment où il leva le bras, je lui abattis le poignet. Le visage de l'officier prisonnier était défiguré par le sang qui découlait d'une blessure qu'il avait reçue à la tête; je ne le reconnus qu'à sa voix, lorsqu'il s'é-

cria : « Oswald, mon sauveur! »
C'était mon cher prince. Je sautai
en bas de mon cheval sans pouvoir
dire comment je parvins à en descendre, car j'avais reçu un léger
coup de feu dans les reins et un coup
de sabre assez profond sur l'épaule
gauche. Je priai le prince de se sauver sur mon cheval. « Non, non,
ami, s'écria-t-il; il nous faut courir
là-bas au secours de nos braves camarades. Nous n'avons qu'un cheval, et vous-même vous êtes aussi
blessé. » Ce *vous* me parut étran-
ge (1). « Oswald, nous restons ensemble. Au surplus, voilà du secours
qui nous arrive. » En effet, quatre
hussards de notre régiment venaient
à nous au grand galop. Ils ne s'é-

---

(1) En Allemagne on n'appelle *vous* que
les officiers.

taient pas d'abord aperçus de la dis-
parition du prince ; ils ne le recon-
nurent au loin qu'à son cheval, au
moment où il s'abattit. Le prince
monta le mien ; je pris celui d'un de
nos hussards, et nous rejoignîmes
nos camarades qui avaient réussi, à
l'aide de mon détachement, à mettre
l'ennemi en fuite. Tous se pressèrent
autour de nous lorsque nous arrivâmes sur le champ de bataille. Un
chirurgien se présenta pour panser
le prince. Un moment, dit-il; et en
se tournant vers notre troupe :
« Messieurs, je vous présente M. le
premier lieutenant Oswald, auquel
je dois la liberté et la vie. » A ces
mots, il m'embrassa comme un frère, et je ne pus que balbutier ces
mots : *Je voudrais mourir dans
cette attitude.* Cet excellent prince
donna des larmes à la mort de deux

de nos officiers qu'il aimait beaucoup.
Nous n'avions perdu que douze hommes; mais presque tous les autres
étaient blessés. Au bout d'une heure
nous arrivâmes au quartier-général,
couverts de sang et de poussière. On
nous y reçut avec de grandes mar-
ques de joie, car mon prince est
adoré de l'armée. Il s'était trop
avancé dans une reconnaissance, et
était tombé dans un avant-poste ennemi. Sa blessure n'est pas plus dangereuse que les miennes, qui, cependant, pourraient bien me tenir
un mois aux arrêts. Dès que mon
aventure fut publique, le feld-ma-
réchal m'envoya complimenter sur
mon avancement, et demander des
nouvelles de ma santé. Le prince en
fait faire autant tous les jours, et
hier il m'envoya un équipement
complet d'officier, avec deux che-

vaux et un piqueur. Le poids de la sabretache m'ayant engagé à la visiter, j'y trouvai deux rouleaux de cent ducats chacun, avec un billet du prince ainsi conçu : *A Oswald, mon ami et mon sauveur, en à-compte d'une dette que je ne veux ni ne pourrai jamais acquitter entièrement.*

A présent, chers parens, voilà que votre Adolphe est un homme; mais il n'oubliera jamais la main invisible qui a conduit ses pas et le cœur de son bienfaiteur. Le mariage d'Erdmann avec ma sœur m'est une nouvelle preuve des voies admirables par lesquelles nous conduit la Providence. Quand je vous écrivis ma lettre de doléance, je ne me doutais guère que je vous adressais un fils, et à ma sœur un époux. On trouvera bien un établissement pour ces deux amans. Si votre projet ne devait pas réussir, mon cher père, je solliciterai du prince une recommandation pour notre souverain; en revanche, je veux que ma Charlotte m'envoie, au moins deux fois par mois, le journal de la famille. Cette chère sœur sait bien que ma Rosette en fait partie. Je n'écris pas à cette chère enfant, parce que je sais qu'elle m'aime encore, et je n'oserais le faire sans sa permission. Si, à la fin de la campagne, je puis obtenir un congé d'une quinzaine de jours, je vole à Mayenthal, et de là, je l'espère, à Friedlingen.

~~~~~~

LETTRE XXVIII.

CHARLOTTE A ROSETTE.

———

Ma sœur, ma chère sœur! rejouis-
toi, rétablis-toi sur l'heure et pour
toujours; notre Adolphe, ton Adolphe est lieutenant; il a délivré son
prince, il lui a sauvé la vie. Nous
venons d'en recevoir l'heureuse nouvelle; nous sommes tous dans l'ivresse
du bonheur. Je ne puis t'envoyer sa
lettre, notre bon père ne l'as pas encore lue, ses affaires l'ayant appelé
à la ville; mais demain, chère amie
de mon cœur, nous irons à Friedlingen pour t'inviter à mes noces.

J'aurai la lettre avec moi, et je trouverai bien le moyen de te la remettre ou de la glisser dans ta poche. Il faut que Jeannette parte sur - le-champ; je ne pourrai la retenir un seul instant.

Adieu, ma sœur; tout ce qui m'entoure te salue et t'embrasse.

~~~~~~~~~~~~~~~~~~~~~~~~~~~~~~~~~~~~~~

LETTRE XXIX.

CHARLOTTE ET ERDMANN A ADOLPHE.

———

Frère chéri, laisse-toi serrer contre le sein de la plus heureuse des sœurs, qui, depuis hier, est aussi la plus heureuse des femmes. Mon union avec le bon, l'excellent Erdmann, ton ami, est consommée. Mais tu exiges de moi un journal complet; hé bien, tu l'auras, quoiqu'il soit pénible à une jeune femme d'être historiographe le lendemain de ses noces.

Notre bon père t'a sans doute annoncé que mon Erdmann avait ob-

tenu un honorable emploi de la générosité de M. de Wertheim, par
l'entremise de son ami Dittmar (1).
Tu sais aussi que j'ai eu l'heureuse
idée d'inviter Rosette à mes noces.
Le 12, nous nous rendîmes à Friedlingue. M. de Dittmar nous conduisit lui-même dans un brillant phaë-
ton. Je ne rapporte cette circonstance que parce que le prévôt Reinhard ouvrit de grands yeux en nous
voyant entrer dans sa cour dans un
si magnifique équipage. Rosette se
précipita sur mon sein, et pleura un
moment dans cette position. Reinhard nous pria d'entrer. Cette invitation tira cette chère fille de son

---

(1) Cette lettre ne contient rien que le
lecteur ne sache déjà.

(*Note de l'original.*)

trouble. Je saluai alors son père que
je n'avais pas encore regardé, et il
faut que mon air ait trahi dans ce
moment l'horreur qu'il m'inspirait.
Un regard suppliant de l'ange qu'il
nomme sa fille me réconcilia avec lui.
Je fis ma proposition aussi bien qu'il
me fut possible. Reinhard avait l'air
d'un malfaiteur qui cherche un men-
songe pour échapper à la justice.
Enfin il dit en bégayant : « Il n'y a
que huit jours que ma fille était encore malade, et il serait possible…»
— C'est justement pour cela, dis-je
en l'interrompant, qu'une petite dis-
traction de deux ou trois jours sera
favorable à sa santé; le temps est si
beau! » — Et quand même il ne
serait pas si beau, ajouta M. de Dittmar, je me charge de venir chercher mademoiselle dans une voiture
fermée, et de la reconduire de mê-

me. » Reinhard s'inclina profondé-
ment. — Trop de grâce pour moi. »

Moi. Ah! M. Reinhard, il faut
que mon amie, ma meilleure amie,
assiste à ma fête; je réponds de sa
santé.

M. de Dittmar. Il a été décidé
que mademoiselle accompagnerait la
mariée avec ma sœur.

La vanité du prévôt ne put résister à tant d'avances; il fit une révé-
rence encore plus profonde : « Puisque votre seigneurie l'ordonne ainsi... Mais je pourrai la faire conduire
dans ma calèche. »

M. de Dittmar. Non, non, nous
la viendrons chercher après-demain
soir.

Quoique ce ne fût qu'à M. de Dittmar que ce consentement était accordé, je remerciai cependant le
prévôt avec toute l'aménité que le

plaisir d'avoir réussi devait répandre sur mon visage ; mais malgré l'embarras qu'il éprouvait, il ne nous quitta cependant pas un seul instant. Cela m'empêcha de remettre à Rosette ta lettre où tu nous donnes la nouvelle de ton avancement : je l'en avais déjà prévenue par un billet.

Au bout d'une demi-heure de visite, pendant laquelle Reinhard s'était décidé à nous complimenter sur notre mariage, nous nous levâmes pour partir. J'avais atteint mon but, et mon cœur commençait à se trouver gêné dans l'atmosphère de cet homme déloyal. Il nous accompagna avec sa fille jusqu'à la voiture, et je ne pus que serrer Rosette dans mes bras, et lui dire : « Adieu, mon amie, à après-demain. » A ces mots la voiture partit.

M. de Dittmar, auquel j'avais té-
moigné avec chaleur ma reconnaissance de sa puissante intercession,
rendit compte au château de notre
expédition. Alors la jeune demoiselle
demanda à ses parens la permission
de venir avec nous chercher Rosette.
Le prévôt, dit-elle, pourrait encore
faire des façons, et alors ma présence
pourrait n'être pas inutile. Elle m'annonça elle-même, dès le lendemain,
la résolution qu'elle avait prise. En
cas de dernière extrémité, dit-elle,
j'irai jusqu'à donner un baiser à ce
vilain homme, pour vaincre son entêtement.

Avant-hier on nous fit dîner au
château, et après le dîner, nous par-
tîmes pour Friedlingue. M. de Dittmar menait encore lui-même, et
mon futur était à cheval. Il prit les
devans pour nous annoncer. Le pré-

vôt paraissait de très-mauvaise humeur; mais la voiture était déjà près
de lui, qu'Erdmann n'avait pas encore eu le temps d'attacher son cheval. Je fus d'abord toute déconcer-
tée en voyant Rosette dans ses habits ordinaires; mais lorsque la jeune
demoiselle et moi nous fûmes des-
cendues de voiture, l'aimable personne, s'adressant à Reinhard avec
une aménité inexprimable, « Je
viens, dit-elle, chercher moi-même
mon aimable compagne, afin de la
connaître une heure plus tôt. » Le
prévôt n'y tint plus. Rosette s'arracha de mes bras pour recevoir mademoiselle de Wertheim avec cette
grâce d'innocence et d'épanchement
qui fait oublier jusqu'à sa beauté. Cependant je ne l'avais jamais vue si
belle. Ses joues, à la vérité, étaient
un peu pâles; mais cette pâleur mê-

me donnait au pur incarnat qui ani-
mait encore le lis de son teint, quelque chose de plus intéressant. Un
feu doux et céleste jaillissait de ses
beaux yeux, et tout son maintien....
Mais tu te souviens de reste, cher
Adolphe, combien de fois tu as dit
qu'elle planait devant nous comme
une sylphide.

Après les salutations d'usage, mademoiselle de Wertheim lui dit :
« Hé bien ! êtes-vous prête à partir?
Rosette rougit. — Elle le sera dans
le moment, mademoiselle, reprit
Reinhard qui, comme sa fille me l'a
dit depuis, avait jusque-là été sombre et indécis. « Va promptement
prendre ce qu'il te faut. » — Rosette
ne se le fit pas répéter; et, comme
elle avait déjà tout préparé d'avance,
nous la vîmes rentrer au bout d'une
petite demi-heure qui, sans l'inépui-

sable enjouement de la jeune demoiselle, nous eût paru bien longue.
Elle était parée de cette robe bleu de
ciel que tu as toujours eu tant de plaisir à lui voir porter. Lisette la suivait
avec une corbeille couverte qui contenait le reste de ses ajustemens. Il
me fut alors impossible de rester davantage. Nous prîmes à la hâte quelques rafraîchissemens que Rosette
nous fit offrir, et nous nous précipi-
tâmes vers la voiture. Rosette était
muette; elle souriait, une larme
brillait dans ses yeux; et ce n'est
qu'après avoir perdu de vue la maison de son père que, me serrant la
main entre les siennes : « Dieu! dit-
elle à voix basse, cela est donc bien
vrai! » Puis, en se tournant vivement vers mademoiselle de Wertheim : « C'est à vous, belle et noble
demoiselle, et aux bontés de M. vo-

tre frère, que je dois cet heureux
moment. » Henriette embrassa cette
chère fille ; et l'ange de la sympathie sourit à cette scène touchante
qui fut la source d'une nouvelle al-
liance. Ces deux belles âmes se re-
connurent, et se dirent dans leur
langage ineffable qu'elles étaient pa-
rentes. Toute distinction terrestre
disparut entre ces deux charmantes
créatures du même Dieu ; elles ne
sentirent dans ce moment que leur
commune origine. Mademoiselle de
Wertheim rompit la première le
silence : « Aimable Charlotte, me
dit-elle, vous ne serez cependant pas
jalouse de moi, je l'espère. » Je fis
un mouvement involontaire pour me
précipiter vers elle ; le respect me
retint : « J'obéis mieux que vous à
mon cœur, me dit-elle en se précipi-
tant dans mes bras qui s'étaient ou-

verts devant elle; que cette heure soit à jamais bénie! »

Notre arrivée à la maison de mon père interrompit la scène sainte et muette qui suivit ce moment. Ah! mon Adolphe, ai-je besoin de te dire comment nos parens reçurent leur fille adoptive!

M. de Dittmar courut au château pour en faire apporter quelques viandes froides. Le frère et la sœur s'invitèrent à souper chez nous; on eût dit que nous nous connaissions depuis des années. Après le repas, je tirai de mon sein ta lettre pour en faire la lecture à la société. O mon cher, mon cher frère! ce n'est qu'entre les bras de ton prince que tu as pu éprouver de pareilles sensations. Tout le monde fondait en larmes; Rosette sanglotait, tremblait. Lorsque j'eus fini, elle me jeta un regard

qu'aucun pinceau humain ne saurait
rendre. « Il faut que ce héros vous
appartienne, dit mademoiselle de
Wertheim en embrassant cette chère
fille; remerciez mon bon cœur de ce
qu'il ne vous dispute pas le sien....»
Mais voici Erdmann qui m'arrache
la plume.

— C'est ce que je viens de faire, mon
cher, mon bon frère; vous ne vou-
driez sans doute pas plus que moi
que ma femme, le lendemain de ses
noces, se rendît aveugle à force d'é-
crire. Du reste, je ne suis pas fâché
de connaître son talent; elle pourra
m'épargner les frais d'un secrétaire.
Je continue son journal, mais je ne
saurais, comme Charlotte, entrer
dans tous les détails.

C'est hier, mon cher Adolphe,
qu'un ministre des autels m'a consa-
cré l'époux de votre sœur, et votre

frère! Après cette auguste cérémo-
nie, nous nous rendîmes au château,
où notre généreux bienfaiteur avait
fait préparer le repas de noces. A l'ex-
ception du ministre et de sa femme,
nos deux familles composaient toute la société. Notre gaîté était
douce comme la sérénité de la journée, et votre amante enchantait,
dans toute la force du terme, le baron et la baronne, par sa manière
d'être, à la fois noble, aisée et décen-
te. A la douce langueur qu'on re-
marquait sur sa figure, je jugeai, dès
le matin, qu'elle avait peu dormi, et
qu'elle ne s'était occupée que d'une
seule pensée, d'un seul objet, de son
Adolphe. Mademoiselle de Wertheim
porta la santé du héros Adolphe; il
fallait voir le trouble charmant avec
lequel elle y répondit. La soirée se
passa si rapidement, que nous-mêmes,

nouveaux mariés, la trouvâmes trop courte. Rosette vint avec nous dans notre nouvelle demeure, et ce matin mademoiselle de Wertheim et son frère vinrent nous y demander à déjeuner. Il était midi quand ces hôtes chéris nous ont quittés. Nos bons parens ont dîné avec nous. « Ah, Dieu! s'écria tout-à-coup Charlotte, si Adolphe, notre cher Adolphe était maintenant avec nous!» — Qui sait répondit notre bonne mère, quand nous le reverrons! » Rosette était triste. «Hé bien, ma sœur, pourquoi cet air mélancolique?» Rosette soupira, et répéta doucement le mot de *sœur*.

Charlotte. Hé bien, oui, sœur, tu le deviendras, je l'espère plus que jamais.

Rosette. Tu espères toujours, ma Charlotte; combien je voudrais espércr aussi: mais mon père, et.......

Charlotte. Que veux-tu dire avec ton *et*?..... parle.

Rosette. L'élévation d'Adolphe, dit-elle en tombant sur le sein de Charlotte: je sais qu'il m'aime, je sais qu'il n'en aimera jamais d'autre; cependant, supposons même que mon père fût pour nous, le mariage d'Adolphe avec une paysanne ne lui nuirait-il pas aux yeux de ses supérieurs, et crois-tu que, dans ce cas, je pourrais jamais me résoudre....» Un soupir étouffa sa voix, et dans ce moment la calèche du prévôt s'arrêta devant la porte. Rosette pâlit lorsqu'elle en vit sortir Hartwig accompagné de Lisette. Charlotte eut à peine le temps de lui dire à voix basse: «Remets-toi, chère enfant, Erdmann t'accompagnera,» que l'insipide personnage entra dans la chambre, paré de son plus bel habit des dimanches. Après avoir adressé à chacun ses plats complimens, il dit à Rosette : « Mam'selle, votre père m'envoie vous chercher ; une affaire imprévue l'appelle à la ville demain de très-grand matin ; il juge donc que, dès aujourd'hui, votre présence est nécessaire à la maison. »

— Cela ne sera pas si pressé, reprit Charlotte ; vous accepterez bien une tasse de café pendant que nous ferons rafraîchir vos chevaux.

Hartwig. Ah! mon Dieu! cela ne m'est pas possible ; M. Reinhard m'a ordonné de revenir sur-le-champ.

Rosette. Il me sera au moins permis, je l'espère, de faire mes adieux au château? — Elle accompagna ces paroles d'un regard qui imposa silence à l'ambassadeur.

Charlotte et moi, nous la condui-
sîmes chez la famille de Wertheim,
pendant que nos parens firent servir
une bouteille de vin à Hartwig.

Les adieux du château furent tou-
chans de part et d'autre, et je ne
saurais dire de quel côté l'on exprima des sentimens plus pleins de noblesse, de chaleur et de tendresse.
Dittmar et sa sœur voulurent accompagner Rosette. Je vis son embarras
à cette proposition, et je fis à mon
ami un signe qu'il comprit. Nous
revînmes à la maison après une demi-heure d'absence, et alors Hartwig ne voulut plus se laisser retenir.
On eût dit que Rosette se séparait
pour toujours de son amie. Charlotte, au contraire, rassembla tout
son courage au dernier embrasse-
ment, et lui dit d'un ton que je voudrais bien pouvoir regarder comme

prophétique : « Console-toi, ma sœur, nous nous reverrons bientôt. » Je n'avais pas fait part de mon projet à Hartwig. Jugez donc, mon frère, de sa consternation, lorsqu'il me vit me placer sur le devant de la voiture. Il ne voulait absolument pas y consentir, et moi je ne voulais absolument pas laisser partir seule la compagne de noces de ma Charlotte. Il fallut enfin qu'Hartwig cédât pour pouvoir partir. Il ordonna au valet d'aller très-grand train, et ce ne fut qu'à notre arrivée dans la cour de Reinhard, qu'il s'aperçut, à ce qu'il nous dit, de l'impolitesse qu'il avait commise de me laisser sur le devant. Rosette retourna tristement dans sa prison, et moi je volai à Mayenthal. Nous attendons avec la plus grande impatience sa première lettre, car je pus lire sur la figure du prévôt que son rappel précipité devait avoir un motif particulier.

Je trouve, d'un autre côté, mon cher frère, que ce fragment de notre journal est déjà trop riche en événemens, et, j'en suis sûr, il intéresse trop votre cœur sensible, pour que je puisse me résoudre à en retarder l'envoi d'un seul jour. C'est aujourd'hui le troisième de ma félicité, et je sens que ce ne sera ni ma faute, ni celle de Charlotte, si elle ne dure pas éternellement.

~~~~~~

LETTRE XXX.

ROSETTE A CHARLOTTE

———

Le plaisir que j'ai goûté à la noce de ma Charlotte était un doux rayon du soleil qui luisait à travers un nuage orageux, et c'est hier que la foudre a éclaté. Mon père, qui m'avait reçue avec sa froideur accoutumée, partit, comme l'avait annoncé Hartwig, de grand matin pour la ville. J'avais mis son absence à profit pour questionner ma fidèle Lisette au sujet de mon rappel précipité à la maison.

Elle me raconta que dès le lendemain de notre départ, Hartwig était

venu, d'un air très-inquiet, communiquer à mon père une gazette dont la
lecture les avait tous deux étonnés ,
atterrés même; et qu'à la suite d'une
conversation longue et animée, ils
étaient sortis ensemble. Ayant vu
mon père, avant de sortir avec lui,
placer cette gazette derrière le mi-
roir, la curiosité l'avait portée à la
lire. « Ah! ma chère mademoiselle
Rosette, me dit-elle, savez-vous ce
qui s'y trouve? M. Oswald, oui, en
vérité, M. Oswald, votre cher Adolphe, a délivré notre prince des
mains des Prussiens, et sur-le-champ
le prince l'a fait lieutenant-colonel.»
Je l'interrompis en souriant : « Tu
veux dire apparamment premier
lieutenant. — Eh, oui, continua-t-
elle, c'est quelque chose de pareil;
vous le savez donc déjà? » — Bref,
cette nouvelle qui m'a fait pleurer de

joie, devait ne pas plaire à votre
père ni à Hartwig, car ils ont frap-
pé tous les deux du pied; je crois même qu'ils juraient. « Il faut nous hâ-
ter, disait votre père, que j'entendais
de ma cuisine, sans cela le prince s'en
mêlera, et alors je n'oserai dire non, je
risquerais de perdre mon emploi. »
Voilà tout ce que j'ai pu saisir de
leur conversation, car vous m'avez
défendu d'écouter aux portes. —
« Cela est vrai, lui répondis-je; mais
j'en sais assez maintenant. »

Je renvoyai cette bonne fille avec
un petit cadeau. « Bon Dieu! dit-elle
en sortant, et en élevant les mains
vers le ciel, tu ne lui auras pas rendu la santé pour ce méchant garne-
ment! non, cela n'est pas possible! »

Cela est pourtant possible, ma
Charlotte, et toi-même, ma consolation, toi qui me prophétisais tou-

jours le bonheur, tu n'en douteras
bientôt plus toi-même.

Vers le soir mon père revint. Il
me dit, après qu'on eut desservi :
« Ecoute, Rose, il est temps maintenant de penser à ton établissement.
Hartwig vient d'entrer en possession
de ses biens, et tu sais que c'est lui,
et personne autre, qui doit devenir
mon gendre. Pour abréger toutes
les formalités, j'ai été à la ville, et
j'ai obtenu de faire publier en même
temps tous vos bans dimanche prochain. » Ici je tombai aux pieds de
mon père : « Ah! mon père, mon cher
père, m'écriai-je, ayez pitié de moi,
et accordez-moi seulement quelques
semaines pour me déterminer. —
Ah! serpent, me dit-il, je sais pourquoi tu me demandes du temps ; si
tu ne m'obéis, je te donne ma malédiction. »

Ces terribles paroles me rendirent le courage, au lieu d'achever de m'atterrer; je crois même que je parlai avec assez de sang-froid. « Mon père, lui dis-je en me relevant, je puis obéir, je puis mourir; aucune malédiction, même injuste, ne doit peser sur ma tombe. — Dans quel roman de chevalerie as-tu appris cette sentence? — Dans celui-ci, lui dis-je en posant la main sur mon cœur; et je lui souhaitai d'un ton amical une bonne nuit.

Maintenant, ma Charlotte, ai-je bien fait? Mon cœur dit oui; je pense que le tien en dira autant, et que je ne serai pas désapprouvée par mon Adolphe; je suis encore sa Rosette. Ce n'est que dans trois jours que l'on me proclamera la fiancée d'un autre : un ministre de l'éternelle vérité annoncera à une assem-

blée attentive, que Rose Reinhard
est la fiancée d'un autre que son
Adolphe, et nul autre que mon
cœur n'accusera d'imposture ce men-
teur innocent. Tu trouveras ici, ma
chère sœur, oui, ma sœur pour jamais, une petite lettre pour lui;
elle est trempée de mes larmes, pas
une n'a été une larme de repentir.
Reçois ce baiser de ton amie; parta-
ge-le entre tous les êtres qui me sont
chers, à mon père Oswald, à ma
mère Oswald, à mon frère Erdmann; il appartient à tous; c'est le
baiser d'adieu d'une martyre qui
monte sur le bûcher. Si Henriette ou
Dittmar me désapprouvent, lis-leur
cette lettre, et embrasse-les aussi de
la part de ta malheureuse amie.

wwwwwwwwwwwwwwwwwwwwwwwwwwwwww

LETTRE XXXI.

ROSETTE A ADOLPHE.

Incluse dans la précédente.

Un coup de tonnerre vient de déchirer le rideau qui nous cachait l'avenir. Je ne te répète pas ce que je viens d'écrire à notre sœur, elle te le communiquera. Ma destinée est donc accomplie; et observe, mon cher Adolphe, que ce n'est pas le hasard qui la détermine. Adore avec moi les décrets de la Providence; tu es un héros, mon Adolphe, tu es *mon* héros. Il manquait encore une branche à ta couronne de lau-

riers; combats pour la gagner aussi,
mon Adolphe; triomphe encore de
ton amour. Il y en a un plus fort
que la mort, et qu'aucun ordre humain ne saurait nous interdire. Oublie la fiancée, mais n'oublie jamais
ni l'amie ni la sœur. En mourant
j'aurai cessé d'être ta femme; soyons
dès aujourd'hui ce que nous aurions
été, ce que nous voulons être éternellement l'un pour l'autre. Sois heureux; c'est le dernier vœu d'un cœur
qui se brise; et quand tu retourneras
sous le toit paternel, ma Charlotte
t'embrassera aussi pour moi. Que la
paix soit avec toi, mon frère, et chaque fois que tu penseras à moi, dis
aussi : Que la paix soit avec toi, ma
sœur. Je recueille dans ma plume la
larme qui vient de tomber ici, et je
signe pour la dernière fois.

Ta ROSETTE.

~~~~~~

LETTRE XXXII.

CHARLOTTE A ROSETTE.

———

Nous t'admirons, ma sœur, nous te révérons, nous pleurons ; la noble Henriette pleure aussi. Elle m'a surprise hier copiant ta lettre à Adolphe ; elle a voulu connaître la cause de mes larmes : je mis le doigt sur ma bouche, et lui fis lire les deux lettres. Elle baisa ta signature à Adolphe, et se tut. Enfin, comme si elle se fût réveillée d'un rêve, elle me dit : Charlotte, qu'est ma noblesse en comparaison de celle-là ? Écrivez-lui.... mais non, je lui écri-

rai moi-même lorsqu'elle aura triom-
phé. » Entreprends donc, puisqu'il
le faut, ce pieux combat, et qu'un
envoyé du ciel descende d'en haut
pour te fortifier. Mais mon âme ne
saurait encore supporter l'idée que
la plus noble fleur de la terre doive
se faner sur un sein aussi impur.

Adieu, ma sœur, sois forte dans
tes souffrances, je reste forte aussi
dans mon espoir, et suis à jamais ta
Charlotte.

~~~~~~

LETTRE XXXIII.

DOROTHÉE A ROSETTE.

———

Je crois, très-honorée demoiselle Reinhard, que si je ne suis pas encore morte de chagrin, c'est uniquement pour prévenir votre perte. Ce serait péché qu'une si brave demoiselle, qui fait tant de bien aux pauvres, devînt la femme d'un scélérat tel que Hartwig. C'est hier que j'ai appris que l'on devait, demain, publier vos bans avec lui; et M. nôtre pasteur, sans l'assistance duquel je serais morte depuis long-temps, m'a conseillée de vous prévenir, pendant que, de son côté, il allait présenter sa plainte au Consistoire. Hartwig m'a séduite, pauvre orpheline que je suis; il m'a bien juré cent fois qu'il m'épouserait; mais lorsque j'ai été enceinte, et me suis refusée à commettre un bien plus grand péché encore, il s'est moqué de moi, et m'a abandonnée. C'est au tribunal de Dieu seul que je citerais cet abominable homme, si, dans deux mois, je ne devais pas devenir mère. Oh! chère demoiselle Reinhard, combien il m'en coûte d'écrire ce mot qu'il m'était si doux de prononcer lorsque j'avais encore une mère! Quoique séduite par Hartwig, je n'ai cependant pas désappris à rougir. Je voudrais me cacher dans les entrailles de la terre, et me serais déjà détruite si je ne craignais p..s de commettre en même temps un infanticide. Montrez cette lettre à votre père; on dit qu'il veut vous forcer à ce mariage; mais quand il connaîtra son gendre futur, il ne voudra pas donner sa fille unique à un scélérat que moi-même, toute misérable que je suis, je ne voudrais pas épouser pour tout l'or du monde. Dieu sait que je n'en dis pas trop en le gratifiant du nom de scélérat. Je tairai cependant au consistoire le plus terrible de ses crimes; j'aime mieux pleurer ma faute toute ma vie, que de faire tomber la tête du père de mon enfant.

Adieu, ma chère demoiselle Reinhard, et ayez pitié de moi si vous me trouvez encore digne de pitié.

DOROTHÉE S....

Veltheim, ce 21 octobre.

LETTRE XXXIV.

ROSETTE A CHARLOTTE.

FIGURE-TOI, ma Charlotte, une personne que l'on croyait morte, et que l'on enterre vivante. Le cercueil est descendu dans la fosse, la première pelletée de terre est jetée dessus; le bruit de cette terre la réveille de sa léthargie; elle jette un cri; les fossoyeurs s'arrêtent, le cercueil est ouvert, et elle revoit le jour. Voilà, ma chère, l'histoire de ma journée d'hier. Je t'en fais le récit d'une main tremblante, et à l'heure même où je devais être flétrie du nom de la fiancée d'un

misérable; mais je ne la suis plus.
Ecoute, mon amie, prions ensemble,
et réjouis-toi d'avoir eu plus de foi
que moi à la toute - puissance de la
Providence qui régit tout pour tout
conduire à bien.

Hier, avant midi, j'étais assise à
la fenêtre avec mon ouvrage, et je
soupirais de voir le soleil déjà si
haut.

Mon père, qui ne me perdait pas
de vue un instant, était allé dans la
cour donner quelques ordres à ses
valets. Une mendiante s'approche
de la croisée qui était ouverte, et me
remet la lettre que je joins ici. Elle
ne me laissa pas le temps de lui remettre mon aumône; *lisez, lisez,*
dit-elle et elle disparut. Je brise
le cachet; ne connaissant ni l'écriture ni la signature, je crus que
c'était une lettre de mendiant... Mais

tu l'as sous les yeux, et tu hausserais
les épaules si je te demandais quels
sont les sentimens qui doivent op-
presser ton cœur en la lisant. J'eus
le temps de me remettre un peu
avant le retour de mon père. Je
m'avançai vers lui : Voilà, lui dis-je,
une lettre que l'on vient de me remettre. Il la lut. Je le vis tour à tour
pâlir, rougir; il se mordait les lèvres
et tremblait de colère. Il ordonna
qu'on allât chercher Hartwig. Je
voulais m'éloigner. Reste, reste, Rosette, me dit-il; c'est toi que cela regarde de plus près. Hartwig arriva
promptement, et crut probablement
que c'était pour signer le contrat de
mariage qu'un clerc de notaire venait
d'apporter à mon père. Celui-ci se
contint assez pour lui dire avec sang-
froid: «Tenez, lisez cette lettre.»
Hartwig la prit; mais lorsqu'il eut

jeté les yeux sur la signature, il devint pâle comme la mort, et laissa tomber le papier. Cette prompte surprise ne lui permit pas de chercher des subterfuges. Mon père reprit d'un ton élevé, en ramassant la lettre : «Le silence, en pareil cas, est aussi une réponse. Ne fanchissez jamais le seuil de ma porte, et arrangez-vous avec cette pauvre fille, sans cela je porterai moi - même cette lettre au consistoire. Je ne veux pas, continua mon père, que mon nom paraisse dans une affaire aussi infâme. — Cela n'arrivera pas, dit Hartwig en balbutiant; mais lorsqu'elle sera arrangée, j'espère...» Je compris cet impudent, et lui lançai un regard de mépris. « Qu'espérez-vous ? interrompit mon père. — Que cette affaire n'empêchera pas mon mariage avec mademoiselle Rosette. — Cet espoir, dit mon père, vous rend encore plus méprisable à mes yeux que la turpitude de votre action. Vous croyez donc que j'irai marier ma fille à un coquin ? décampez au plus vite, car ma patience est à bout. Le misérable se traîna hors de la chambre, le dos courbé comme s'il eût fléchi sous l'énorme poids de mes chagrins qu'il emportait avec lui. Je ne sais pas bien pourquoi je pleurai; mais ce que je sais, c'est que je baissai les yeux dans la crainte que mon père ne crût y lire un reproche. Lorsqu'il s'approcha de moi, je me levai de ma chaise, et courus à lui les bras ouverts. Il dut lire dans mes yeux les bénédictions que je lui adressais, car il me donna un baiser, et me dit : « Rosette, je suis content de ton obéissance; je suis plus charmé encore de ce que

ce mauvais sujet ne devienne pas
ton mari. Vois maintenant que j'ai
bien fait de ne pas t'avoir accordé
de temps pour réfléchir. » A ces mots
je ne pus retenir un sourire qui, toutefois, n'avait rien d'amer. Les paroles de mon père firent même luire
dans mon âme un rayon d'espérance.
J'avais le cœur si allégé que j'eus le
courage de demander la permission
d'envoyer quelques secours à la pauvre Dorothée. « Pourquoi pas? Combien veux-tu lui donner? — J'ai encore un carolin. — Donne-le-lui,
cela peut la faire vivre jusqu'à ce
que le coquin se soit arrangé avec
elle. »

J'enveloppai ma pièce d'or dans
un papier, j'allai chercher de la lumière pour y mettre un cachet, et je
l'envoyai à Veltheim.

J'avais laissé ma bourse sur la

table; je la remis dans ma poche, et ce n'est qu'après le dîner que je m'aperçus qu'il y avait dedans six ducats. Heureusement j'étais seule alors. Ah, ma Charlotte! ces six ducats me rappelèrent les autres six que.... Mais que cette scène soit à jamais oubliée! Je jouissais d'un contentement si vif, que j'élevai au ciel mes mains reconnaissantes pour offrir à la Providence un tribut d'adoration. Il faut que mon père n'ait pas choisi sans intention le nombre de six, car il reçut mes remercîmens en jetant sur moi un regard malin.

La longueur de ma lettre te prouve, ma Charlotte, la manière dont j'ai employé ma soirée. Comme il est déjà tard, Lisette te l'expédiera par un messager plus agile que ne l'est sa mère.

Je ne te dis rien pour nos parens, pour nos amis; partage avec eux les plus tendres embrassemens de ta Rosette.

LETTRE XXXV.

ADOLPHE A SON PÈRE.

———

Je vous écris, mon très-cher père,
de Friedlingue, sans savoir quand
je pourrai me rendre à Mayenthal.
Je suis le prisonnier de Reinhard,
qui ne veut me relâcher qu'après la
signature de mon contrat de mariage
avec sa fille. Ne croyez-vous pas lire
un conte? Moi-même je regarderais
mon bonheur comme un songe si,
au moment où je vous écris, ma Rosette n'était pas là, le bras passé autour de mon cou, et jouant avec les
boucles de mes cheveux.

Depuis huit jours les événemens se sont pressés autour de moi comme les flots de la mer. Les sensations les plus opposées se sont tellement amoncelées dans mon âme, que je ne sais s'il me sera possible de mettre de l'ordre dans mon récit.

Mon prince m'avait honoré d'une mission auprès de son illustre père, et avait accédé à ma prière de pouvoir diriger mon retour par Mayenthal, pour passer une huitaine de jours au sein de ma famille. La veille de mon départ, je reçus la terrible nouvelle que me donna Charlotte, avec la lettre de Rosette, qui détruisait toutes mes espérances. Le seul souvenir de cet épouvantable moment brise mon cœur; je ne saurais vous en parler. Je partis cependant; mon voyage ressemblait à la marche d'un criminel vers l'échafaud.

L'importance de ma mission me rendit peu à peu la force de réfléchir. Je la remplis en peu de jours, et j'en rendis compte à mon prince par une estafette. Alors je voulus aller à Mayenthal chercher des consolations et de la force pour souffrir. Mon chemin me conduisit par Friedlingue. Il me vint subitement à la pensée d'y passer la nuit, pour voir encore une fois, à la faveur de l'obscurité, mon amante, qui ne voulait plus être que ma sœur. Je rallentis le pas rapide de mon cheval, et j'arrivai hier au crépuscule du soir devant l'auberge du Soleil. Une jeune personne, une lumière à la main, vint à la porte cochère. Je pouvais à peine me soutenir sur ma selle, et il m'était impossible de dire un seul mot. Mon valet prit la parole à ma place : « Bonsoir, dit-il ; pouvons-nous loger ici ?

— Certainement, répondit une voix qui n'était pas celle de ma Rosette; descendez toujours de cheval.

— Je désirerais avoir une chambre particulière.

— Vous l'aurez; suivez-moi seulement, je vais vous éclairer. « Je suivis la jeune fille d'un pas chancelant, et je me jetai sur un siége.

— Où est donc M. l'aubergiste?

— Je pense qu'il rentrera bientôt.

— Où est madame l'aubergiste? (je prononçai ces paroles d'une voix presque éteinte.) — Il n'y a pas de maîtresse dans la maison. » Dans ce moment j'étais comme un homme qui, sous la hache du bourreau, entend un ange crier grâce! grâce!

Je saute précipitamment de ma chaise. « Comment! lui dis-je, Hart-

wig n'est pas encore marié? » La
pauvre fille recula tout interdite.

« Eh non! monseigneur.

— Pas mariée avec la fille du prévôt?

— Oh! c'est fini avec celle-là , »
répondit-elle.

Je crois qu'à ces mots j'aurais em-
brassé la jeune fille si, dans le même
instant, mon valet n'était entré dans
la chambre avec mes pistolets et mon
porte-manteau.

« Comment donc fini? » repris-je
avec un peu plus de calme.

Mais tout-à-coup une pensée épouvantable vint accabler mon âme
comme un coup de foudre. « Rosette
serait-elle morte? » .

— Oh! non. Connaissez-vous la
fille du prévôt? c'est une bien aimable personne; nous aurions bien
voulu l'avoir pour maîtresse.........

mais le mariage est tout-à-fait rompu.

— Pourquoi rompu? dis-je hors de moi-même.

— Nous n'en savons rien, nous autres; on dit bien des choses : en un mot, le prévôt a retiré sa parole. »

J'en savais assez. Je demandai ensuite à la fille un morceau de viande froide et un verre de vin.

Il était neuf heures; et pour éviter de voir l'aubergiste, je prétextai que je voulais me coucher de bonne heure.

Je suis soldat, mon père; mais je n'ai pas perdu l'habitude de ployer le genou devant mon Créateur. Je le fis dès que je fus seul, et ensuite je me jetai sur mon lit. Cependant je ne pus fermer l'œil. Mille riantes idées occupaient mon imagination, et un baume de feu circulait dans

mes veines. Vers deux heures après
minuit la lune commença à paraître.
Je me levai, et me mis à la fenêtre
pour respirer le frais. Quelques minutes après, je pensai que je serais
encore mieux en bas; je pris mon
sabre sous mon bras, et je descen-
dis. La porte cochère était fermée;
mais je trouvai un passage par le verger, et, enfoncé dans une douce rê-
verie, je pris le premier sentier qui
se présenta; il me conduisit insensi-
blement vers le bout du village, ter-
miné par les spacieux bâtimens de
Reinhard.

Je m'approchai des fenêtres de
l'habitation, comme pour y surprendre la douce haleine de ma Rosette. Les volets du rez-de-chaussée
étaient fermés; bientôt mon oreille
fut frappée de sons plaintifs qui,
parfois, ressemblaient à des gémis-

semens étouffés. Je fus saisi d'horreur. Que se passe-t-il ici, grand
Dieu! me dis-je en moi-même. Je
courus à la porte cochère, que je
trouvai fermée. Je sautai vers la porte
bâtarde, qui n'était que poussée.
J'entre; le premier objet que je pus
distinguer fut le chien de garde bai-
gné dans son sang. Je me précipite,
le sabre à la main, dans la chambre
que je trouvai ouverte. Une personne, en chemise, était couchée par
terre; elle frémit en me voyant entrer le sabre nu, et semblait attendre
le coup de la mort. Comme la porte
ouverte ne laissait entrer qu'une faible lumière, je me hâtai d'ouvrir un
volet. Jugez de mon effroi en aper-
cevant le prévôt Reinhard gisant
sur le plancher, pieds et poings liés,
et un bâillon dans la bouche. « Grand
Dieu! que vois-je? » m'écriai-je en

le débarrassant de son bâillon. Reinhard ne pouvait parler. Je le secouai,
et avec mon sabre je coupai les cordes qui le liaient. « N'en avez-vous
pas encore assez? dit-il d'un ton qui
ressemblait au râle de la mort. Tuez-
moi, mais au moins épargnez ma
fille. » Ces paroles me touchèrent
jusqu'aux larmes. « Je ne suis pas un
assassin, lui dis-je, mon cher M. Reinhard; je suis Adolphe Oswald de
Mayenthal, et je viens à votre secours. » A ces mots, il parut se ranimer. « Oswald! oui, c'est sa voix. »
« Monsieur, dit-il, d'une voix presque inintelligible, car sa bouche
était très-enflée, remettez-moi mes
liens, remettez-moi mon bâillon, je
ne mérite pas que vous me sauviez. »

— Vous êtes le père de Rosette.

— J'étais le bourreau de Rosette
et d'Adolphe. C'est moi, moi, dé-

mon que j'étais! qui, l'année dernière, vous ai trahi et livré aux scélérats qui m'ont volé cette nuit. Maintenant voulez-vous encore me sauver?

— Oui, je le veux. C'est à votre
inimitié que je dois mon bonheur
actuel; et quand même cela ne serait
pas, vous êtes un homme, vous êtes
le père de Rosette.

—Oh, Dieu! Dieu! ce moment-
ci expie mon crime!

—Tranquillisez-vous, cher M. Reinhard!

— Que je me tranquillise! depuis
deux heures je suis tourmenté des
plus cruels remords, et c'est vous,
M. Oswald, que j'avais constamment
devant les yeux. Votre magnanimité
met le comble à mon désespoir.

— Laissons cela, M. Reinhard.
Remettez-vous, et réjouissez-vous

4. 17

avec moi de votre délivrance. Venez, appuyez-vous sur moi. »

Je le relevai de terre et le plaçai dans un fauteuil. « Attendez un instant, je vais tâcher de me procurer de la lumière ; je me rappellerai bien encore les êtres de la cuisine. » Je trouvai dans les cendres quelques braises, et au bout d'une minute je rentrai avec une chandelle allumée.

« Vous n'êtes pas blessé, M. Reinhard ?

— Je n'ai que quelques contusions à la tête, que les scélérats m'ont faites en me frappant, parce que je ne leur ai pas livré assez promptement les clefs de mon coffre-fort.

— Vous vous consolerez aisément de ces contusions et de votre perte ; Dieu merci, vous êtes en vie ! »

Reinhard répéta ces paroles, *Dieu merci !* il me regarda d'un air ha-

gard et convulsif, et un torrent de
larmes inonda ses joues. Je crois
que, sans cette crise, cet instant eût
été le dernier de sa vie. Il me pre-
nait les deux mains et voulait les
porter à sa bouche; et comme je les
retirais, « Oh! permettez, dit - il.
Dieu miséricordieux! et c'est cet
homme que j'ai refusé pour mon fils!
que j'ai repoussé pour un.... Oh,
Adolphe! je meurs de soif, et cependant je ne voudrais pas accepter une
goutte d'eau que vous ne m'ayez
promis auparavant de recevoir de
moi la main de ma fille. Je sais que
vous l'aimez encore. — Si je l'aime
encore! m'écriai-je en me jetant à
son cou. Mon père, mon cher et bon
père, si j'aime encore ma Rosette!
L'amour que j'ai pour elle m'a conduit à Friedlingue, ma empêché de
fermer l'œil cette nuit, et m'a at-

tiré sous vos fenêtres où je vous ai
entendu gémir.

— Ah! oui, ton père, rien autre
chose que ton père; dès aujourd'hui
je veux l'être. Dieu, oui, Dieu lui-
même t'a conduit ici.

— Mais où est Rosette? au nom
du Ciel, où est-elle? les scélérats
l'ont peut-être aussi.....

— Non, elle dort tranquillement,
ils n'en voulaient qu'à moi seul.

— Vous vouliez boire. Pardonnez,
oh! pardonnez, mon père, je l'avais
tout-à-fait oublié.

— Je l'avais aussi oublié moi-même en recevant de toi le nom de
père. »

J'allai chercher un verre d'eau qui
le soulagea sensiblement. Je le priai
ensuite de se laisser conduire dans la
chambre à coucher, et de se mettre
au lit. Je m'assis auprès de lui. « Tâ-

chez de dormir, je veillerai à vos
côtés jusqu'à ce que Rosette descende. — Dormir? oh bien oui! je crain-
drais de ne plus me réveiller, et il
faut encore que je voie ma Rosette
dans les bras de son Adolphe; il faut
encore que je mette vos mains l'une
dans l'autre.

— Il faut plus : vous devez nous
voir heureux, et recevoir long-temps
les bénédictions de vos enfans recon-
naissans. »

Reinhard se tut : il cacha son visage dans son oreiller qu'il inonda
de larmes. Enfin il s'assoupit d'é-
puisement, et me laissa livré aux
sensations délicieuses qu'éprouve-
ront également mes bons parens,
ma Charlotte et mon Erdmann,
lorsqu'ils liront la relation de cette
scène.

Je me glissai doucement dans la

chambre commune, et me jetai dans le fauteuil. Là, les trois heures les plus fortunées de ma vie s'écoulèrent comme une minute.

Enfin Lisette descendit pour ouvrir les volets. Le jour avait paru. Elle recula en voyant un hussard accourir au-devant d'elle.

Je lui fis signe. « Silence, silence ! M. Reinhard dort encore. »

— Dieu tout-puissant ! n'est-ce pas M. Oswald ? — Oui, c'est lui-même, bonne Lisette ; mais tais-toi, pour ne pas réveiller Rosette. » — La pauvre fille était tout ébahie ; elle me regardait de la tête aux pieds, et ne cessait d'élever les bras au ciel et de frapper dans ses mains. Je lui fis très-succinctement le récit de ce qui venait d'arriver. — Ah ! les maudits recruteurs ! dit-elle ; ils sont venus ici hier, et disaient qu'ils avaient reçu l'ordre de rejoindre leur régiment. Stourm a encore soupé hier avec le prévôt. Ce diabolique coquin! je ne pouvais jamais le regarder sans que mon cœur se serrât : depuis longtemps on se disait à l'oreille, dans le village, qu'il vous avait vendu aux Prussiens. »

Reinhard fit un mouvement. J'entrai dans sa chambre. — « J'ai pourtant dormi, et très-bien dormi....... Je me trouve comme ressuscité. » Je m'approchai de son lit : il me tendit la main, et me considéra longtemps avec une satisfaction marquée. — « Comme ma Rosette va ouvrir de grands yeux lorsqu'elle verra son Adolphe en si bel équipage. Au reste, s'il portait encore son simple frac brun, il n'en serait pas moins son mari.

» Je sais tout, mon fils ; j'ai lu

ton action héroïque dans les gazet-
tes. »

On dit à Lisette d'aller éveiller
Rosette, et lui dire qu'il y avait en
bas un officier chargé de lui remettre une lettre.

« Ne lui en dites pas davantage,
ajoutai-je lorsqu'elle sortit.

« Ne craignez rien, répondit-elle.
Mais n'est-ce pas, M. Oswald, vous
me permettrez bien de regarder par
la petite fenêtre de la cuisine, pour
être témoin de sa joie.

— Il ne faut pas qu'elle sache que
je suis si près, » dit Reinhard, en
me priant de pousser un peu la porte
de la chambre à coucher.

En attendant l'arrivée de Rosette,
je me promenai de long en large dans
la chambre, et à chaque tour mes
yeux se fixaient sur son clavecin;
mon impatience était inexprimable,

et ce quart - d'heure me parut une éternité.

Enfin je l'entendis descendre l'escalier, légère comme Hébé. La chambre disparut à mes yeux; je ne vis plus rien, tout était ciel autour de moi. Elle entre. « O Dieu! c'est lui-même, dit-elle en tombant dans mes bras. — Oui, c'est lui-même, c'est ton Adolphe; maintenant tu es à lui; la terre, le ciel tout est à lui! — Mon Adolphe!.... » — Elle ne put en dire davantage. Je la portai dans le fauteuil; je crois que mes baisers seuls empêchèrent qu'elle s'évanouît.

— « Vis, ma Rosette, vis pour ton Adolphe, il y a long-temps qu'il ne vit que pour toi! »

Elle sourit, me serra la main, et, posant sa tête sur mon sein, elle me regarda en silence. C'était ainsi que Zikli ressuscitée regardait son Lazare ressuscité. Tout-à-coup elle demanda vivement : « Où est mon père ? t'a-t-il déjà vu ? »

« Oui, je l'ai vu, s'écria Reinhard de la chambre à coucher ; sans lui tu n'aurais plus de père. « Elle s'élança comme un trait vers lui. Un sentiment de joie et de terreur la fit tomber au pied de son lit. J'avais prévu ce moment, et je la relevai avant que ses genoux eussent touché terre. « Remets-toi, ma Rosette, tu sauras tout ; ce n'est rien, notre père n'a éprouvé qu'une frayeur passagère. »

« Heureuse frayeur, dit Reinhard, et qui vient de me rendre véritablement ton père. Calme-toi, mon enfant, et réponds : « Ai-je bien fait de t'avoir, ce matin, fiancée à ce hussard sans t'avoir demandé ton consentement ? »

Rosette pleura long-temps sur le
sein de son père : elle ne pouvait
parler, aucun de nous ne le pouvait.
Nous revînmes peu à peu à nous, et,
à la demande réitérée de Rosette,
Reinhard nous raconta que, vers
minuit, les trois recruteurs, revenus
depuis quelque temps au village,
étaient entrés dans sa chambre, l'a-
vaient arraché de son lit, et l'avaient
forcé, par toutes sortes de violences,
de leur remettre l'argent qu'il avait
chez lui, et qui consistait à peu près
en deux cents ducats. Le son du cor
d'un postillon qui passait, les avait
effrayés, et avait probablement empêché un plus grand malheur.

Lorsqu'il vint à parler de moi,
l'œil étincelant de Rosette se fixait
alternativement sur nous deux : il
semblait me dire, à moi : « Oui, oh
oui ! je reconnais bien là mon Adol-

phe; » et à lui : « Eh bien! mon père, n'avais-je pas raison de l'aimer? » Quelques heures après Reinhard se sentit si bien, qu'il se leva. Il ne veut cependant pas que je le quitte encore aujourd'hui, car il a résolu de m'accompagner demain, ainsi que ma fiancée, à Mayenthal. Dieu! que sera donc encore la journée de demain pour votre Adolphe! Et aussi pour votre Rosette, chers parens, pour votre fille adoptive, pour la fiancée de votre Charlotte! Ce n'est qu'une fable, je n'ai jamais souffert; une fois seulement en songe! mais je me suis réveillée, et, à mon réveil, Adolphe était à mes côtés; le songe s'est dissipé, Adolphe m'est resté, et avec lui toutes les béatitudes de la terre.

En ce moment il écrivit à son prince pour obtenir une prolonga-

ᵗion de congé, et son consentement
à notre union. Il me répond de ces
deux articles, et encore d'un troisième qui doit dissiper le dernier
nuage de notre riant avenir; c'est de
la conclusion d'une paix très-pro-
chaine.

Ce ne sera pas, pour cette fois, une
pauvre mère tremblotante qui vous
apportera ces lignes, mais un messager alerte; et demain! demain!...
Insensée que je suis de chercher à
renfermer dans des phrases ce que
mon cœur tout entier ne peut pas
contenir!

ROSETTE.

LE CHÊNE CREUX.

Dans un vieux castel de Germanie, vivaient le chevalier Berthold de Wildeck et dame Adeline, son épouse. Depuis quinze années que durait leur union, elle avait été constamment heureuse. Deux garçons et deux filles étaient les fruits de ce mariage. Lorsque, le dimanche, il était assis avec sa femme et ses enfans autour de sa table ronde, en savourant un plat de marcassin, ou un paon aux jours de grande fête, il considérait l'un après l'autre les membres de sa famille, et se croyait bien au-dessus du Habsbourgeois qui venait, depuis peu, de monter sur le trône impérial.

Dans un de ces momens de félicité domestique, il dit à Adeline en lui caressant la joue : « Ma chère et pieuse femme, tu m'as rendu le plus heureux des époux, le plus heureux des pères; notre père commun t'en récompensera dans son paradis. » Alors Adeline passa son bras autour du cou de son époux, baisa sa joue rembrunie, et dit : « Mon fidèle Berthold, il y a si long-temps que je suis heureuse par toi, que je ne sais si le ciel pourrait encore m'accorder un nouveau bonheur, une félicité de plus. Le bon Dieu me comble de trop de grâces, et fera de moi un enfant gâté. »

« Cela peut encore changer, reprit Berthold; alors nous nous aiderons l'un l'autre à porter notre croix,

nos enfans marcheront à côté de
nous, et lorsqu'elle menacera de nous
écraser de son poids , ils mettront
tous la main à l'œuvre pour nous al-
léger le fardeau. — Nous ferons plus,
s'écria Engelbert , l'aîné des fils qui
était le favori du père , nous en por-
terons seuls tout le poids. »

Engelbert n'avait encore que qua-
torze ans; mais il savait déjà dompter
l'étalon fougueux de son père ; il dé-
fiait à la course le chevreuil, et lorsqu'il tirait à l'arbalète , il frappait
toujours au but.

Berthold n'était pas riche ; une
partie de ses possessions , que son
père avait engagées, était encore en
des mains étrangères. Mais comme,
depuis son mariage, il n'avait jamais
fréquenté la cour , et rarement les
tournois, et que dame Adeline était
une excellente ménagère ; il régnait

4.   18

dans tout son intérieur un air d'a-
bondance que ses amis admiraient,
et que bien des jaloux regardaient
d'un air d'envie.

Un soir qu'il faisait déjà sombre,
son concierge lui apporta un par-
chemin roulé, qu'un ermite venait
de lui remettre avec l'ordre de le
porter de suite au seigneur châte-
lain. Berthold le déroula et y lut ces
mots : *Si, avant la fête de Saint-*
Pierre, le chevalier Berthold de
Wildeck ne dépose pas chez l'er-
mite Raimond, à l'entrée de la
forêt, la somme de cent florins d'or,
son castel sera incendié ; et si,
après ou avant le paiement de cet
argent, il ose dire un seul mot de
la présente lettre, il périra.

Berthold serra la lettre dans sa
cassette. Il l'attribuait aux brigands
qui, depuis plusieurs années, com-

mettaient beaucoup de désordres
dans la contrée ; mais comme il ne
les craignait point , et qu'il n'avait
pas envie de payer la somme , il fit
peu de cas de leurs menaces , et cacha cette aventure à sa femme, pour
laquelle il n'avait d'ailleurs aucun
secret.

Le délai fixé était expiré , et neuf
jours s'étaient encore écoulés sans
que la menace eût été mise à exécution; mais le dixième jour , après
minuit, pendant que le chevalier
dormait tranquillement à côté de
son Adélaïde, ils furent réveillés en
sursaut par un bruit effroyable ; on
sonnait le tocsin , la garde de la tour
donnait du cor, et tout le castel était
en feu. Berthold et sa femme purent
à peine se sauver avec leurs enfans
dans un petit bâtiment séparé , qui
servait d'habitation aux domestiques.

Engelbert avait couru en chemise à
l'écurie, et en avait fait sortir le fier
étalon. Adeline et sa fille aînée s'é-
taient empressées d'emporter la cassette de bois de noyer qui était dans
leur chambre, et où étaient renfer-
més les papiers de famille avec quelques bijoux.

Berthold supporta son malheur en
homme. Sa pieuse épouse partagea
sa fermeté et l'inspira à ses enfans.
Bientôt l'on fit déblayer les décom-
bres, et une quantité considérable
d'ouvriers fut employée à exécuter
les dispositions que fit le chevalier
pour la construction d'un nouveau
castel.

Un jour Berthold monta à cheval
pour aller choisir dans une de ses
forêts quelques pieds de chêne propres à faire des poutres, des *solives*
et des chevrons. L'heure de midi

avait sonné, et le chevalier n'était
pas encore de retour. La soirée s'é-
tant passée de même, l'inquiétude
d'Adeline croissait d'heure en heure,
et elle était à son comble au retour
de l'aurore. Elle envoya tous ses domestiques parcourir la contrée pour
en avoir des nouvelles; mais ils re-
vinrent tous sans en avoir pu rien
apprendre. Elle fit renouveler ses
recherches pendant huit jours sans
le moindre succès. Cette malheureuse famille ne faisait que pleurer
et gémir, et le dernier rayon d'espoir était évanoui pour elle. Enfin
Adeline dit à ses enfans : « Je veux
partir et chercher moi-même votre
père, et s'il est encore sur cette terre,
je le trouverai. — Je veux vous accompagner, ma mère, dit alors Engelbert, veuillez y consentir; et si
un dragon retient mon père dans son

antre, je veux l'arracher de ses griffes. » Alors Adeline ouvrit la cassette de bois de noyer pour en retirer quelques bijoux qui pouvaient
devenir sa dernière ressource dans
son pélerinage. Elle y trouva la lettre des brigands, la lut et frémit;
mais un nouvel espoir vint l'animer.
S'il est tombé entre les mains des
incendiaires, se disait-elle, l'ermite
Raimond, dont il est parlé dans la
lettre, pourra peut-être me donner
quelques renseignemens; il serait
possible qu'ils ne retinssent mon Berthold en captivité qu'afin de lui ex-
torquer les cent florins d'or pour prix
de sa rançon. Adeline recommanda
ses enfans à la femme du concierge,
qui avait été sa nourrice, et le lendemain, avant le lever du soleil, elle
se mit en route avec son Engelbert
vers la cabane de l'ermite, distante

de huit lieues du castel de Wildeck.

Ils y arrivèrent dans l'après-midi. Raimond les reçut avec bonté, et leur donna sa bénédiction. Adeline lui dit : «Vénérable père, je viens chercher chez vous l'arrêt dont dépend ma vie ou ma mort. » Elle lui fit le récit de son double malheur, et lui montra la lettre des incendiaires. « Mon époux, lui dit-elle, est sûrement tombé entre leurs mains, et vous pouvez peut-être me dire où je le trouverai. » Raimond éleva les mains au ciel, l'horreur et l'effroi paralysèrent sa langue. « Est-il possible, s'écria-t-il, que la robe de la piété puisse servir de voile au crime ! Il y a un mois qu'un ermite vint me trouver et me dit : Vieux père, vers la fête de St.-Pierre, un chevalier viendra déposer chez vous cent florins d'or, qu'il destine à une œuvre pie ; gardez-les jusqu'à ce que je vienne les chercher. Je le lui promis. Huit jours après la fête il revint encore , et lorsque je lui dis que je n'avais rien reçu, il s'éloigna en disant : Dieu punira ce pécheur. Je ne l'ai pas revu depuis. »

Ce récit fit retomber Adeline dans le désespoir. Le pieux ermite employa tous les moyens pour la consoler , et voulut la forcer à prendre quelque nourriture , mais tous ses efforts furent inutiles ; Adeline, les yeux fixés sur un crucifix, ne faisait que pleurer et gémir. Pendant que l'ermite lui prodiguait des consolations, Engelbert était sorti de la cellule pour examiner un peu les environs. Il marcha lentement et pensif vers la forêt qui se trouvait à quelques centaines de pas de là. Il s'assit sous un arbre et se mit à pleurer. Tout-à-coup il fut effrayé par un bruit qui se faisait dans un buisson tout près de lui. Il y porta ses regards, et aperçut un renard qui, en passant devant lui avec la vitesse d'un trait, fuyait plus avant dans la forêt. L'ardent Engelbert oublia en ce moment son père, et poursuivit l'animal avec une telle célérité, à travers les buissons et les broussailles, qu'il fut plusieurs fois sur le point de s'en saisir. Cependant le rusé fuyard l'attira toujours plus avant dans la fourrée, jusqu'auprès d'un chêne creux dans lequel il s'enfonça au moment même où Engelbert se croyait sûr de l'atteindre avec un bâton qu'il tenait déjà levé sur lui. Mais le jeune chasseur ne délibéra pas long-temps; l'arbre était d'une grosseur énorme, et le creux en était assez large; Engelbert s'y glissa,

4.   19

tâta de tous les côtés, et lorsqu'il aperçut un enfoncement, il crut y trouver sa proie. Mais à peine eut-il touché à cette cavité, que le terrain s'enfonça sous lui, et il tomba, à plus de deux toises de profondeur, dans un précipice, où il perdit pendant quelques minutes l'usage de ses sens. Lorsqu'il revint à lui, il se trouva en proie à toutes les angoisses qui doivent assaillir un vivant enseveli dans les entrailles de la terre, et séparé de la nature entière. Il frémit d'horreur, il se débat sur la terre humide, pousse des cris affreux. Un son étouffé parut lui répondre dans le lointain ; alors ce n'est plus d'horreur, c'est de plaisir qu'il frémit en ce moment terrible. Le rugissement d'un lion l'eût transporté de joie. Dans le séjour de la mort, tout être vivant devient un frère. Il se traîna

vers l'endroit d'où était parti le son.
A quelques toises de distance, il par-
vint à un passage étroit, semblable
au puits d'une mine, et se trouva
enfin dans une large caverne où régnait également l'obscurité la plus
profonde, mais où il pouvait au
moins respirer plus librement et se
dresser sur ses jambes. Il entendit
bientôt un profond soupir partir d'un
des côtés de la caverne. C'est un
homme mourant...., dit le tremblant Engelbert, et la terreur lui arrache un cri aigu. « Qui est là? qui
veut être le témoin de ma mort? dit
alors une voix à moitié éteinte. Engelbert reprit courage. — Moi, c'est
moi, dit-il; ah! où suis-je? qui êtes-
vous? — Dieu tout-puissant! reprit
la voix du ton d'un homme qui sort
d'un long évanouissement, tu m'en-
voies un ange pour me fortifier, et

tu lui prêtes la voix de mon premier-
né. — Ah, mon père! s'écria Engelbert, c'est mon père! oui, c'est
lui.— Ah! mon fils, comment as-tu
pu pénétrer jusqu'ici? Est-ce que les
monstres t'auraient aussi enlevé?»—
Engelbert se précipita du côté où
était son père; la nature, la toute-
puissante nature le guidait à travers
les ténèbres, et le fit tomber sur son
sein. Il serra ses bras autour de son
cou, mais le père ne pouvait l'embrasser; ses mains étaient enchaî-
nées, et son corps était chargé d'une
large ceinture de fer retenue au
moyen d'un anneau scellé dans le
roc. — O mon bien-aimé père! dit
Engelbert en sanglotant, il y a huit
jours que notre mère vous fait chercher, et aujourd'hui elle s'est mise
en route avec moi; nous ne pouvions
plus rester à la maison. — Bonne

épouse! bon fils! dit Berthold; ah,
Dieu! Dieu!... Mais dis-moi comment tu as pu pénétrer dans cet antre de brigands? Engelbert raconta
son aventure à son père. — O, mon
enfant! notre ange protecteur t'a
guidé pour empêcher que je ne mou-
russe de faim, et pour me réunir à
ma famille. Alors Berthold lui raconta à son tour comment il avait été
enlevé par les brigands et conduit
dans leur caverne. Ils craignaient,
dit-il, que je ne voulusse venger sur
eux l'incendie de mon castel, et me
condamnèrent à les servir comme
valet dans cet affreux repaire. Ils
m'enchaînent chaque fois qu'ils partent pour une expédition. Le soir ils
rentrent tous, ou du moins quelques-uns; mais depuis avant-hier
aucun n'est revenu, et c'est aussi
depuis avant-hier que je n'ai rien

mangé. Engelbert mit aussitôt la main dans son sac de voyage où il avait serré quelques pommes de la table de l'ermite; il les coupa en morceaux, et les introduisit dans la bouche de son père. — Que Dieu te récompense de ce soulagement! dit alors Berthold en versant des larmes; mais tout-à-coup un frémissement s'empara de tous ses membres, — Fuis, ô fuis! mon enfant, dit-il, avant que les scélérats ne reviennent. — Je ne fuirai pas sans vous, mon père, je veux ou vous sauver ou périr avec vous. — Pauvre jeune homme! toi, me sauver, sans avoir un instrument pour briser mes fers, ou seulement de quoi éclaircir cet antre de mort? — Oh! j'ai un briquet, mon bien-aimé père; ma mère me l'a fait prendre en disant: Qui sait s'il ne pourra pas nous devenir utile. — Qu'elle soit bénie, dit Berthold; bénie soit cette bonne mère; sa prévoyance peut nous sauver! A ma gauche, il y a sur une table une lampe qui est éteinte depuis hier, et une cruche d'huile; au nom du Ciel ne la renverse pas! »

Au bout de quelques minutes la lampe fut allumée, et Engelbert considéra l'intérieur de cette caverne avec une surprise mêlée d'effroi. Il vit entassés une grande quantité d'objets précieux, et le long des murs étaient suspendus une vingtaine d'habits tout ensanglantés. Ses regards ne s'arrêtèrent cependant qu'un instant sur ces objets d'horreur. Il tomba avec avidité sur un gros marteau, en brisa la serrure qui retenait les fers de son père, et le rendit à la vie et à la liberté. Berthold tomba à genoux, éleva vers le ciel ses mains enflées, puis il enlaça son

fils de ses bras et le pressa sur son
sein , sans pouvoir proférer un seul
mot. La crainte d'un nouveau danger
le tira enfin de la torpeur d'une joie
excessive. « Viens, cher enfant, s'é-
cria-t-il , fuyons avant que mes bour-
reaux nous surprennent. »—Le père
et le fils s'armèrent chacun d'une
épée et d'une lampe allumée, et se
traînèrent à travers le passage étroit
qui mène à l'endroit d'où Engelbert
s'était précipité. Là ils trouvèrent
suspendue , le long du mur, une
échelle de cordes , arrêtée par des
crampons qui étaient traversés par
une barre de fer, et sur laquelle re-
posait une soupape qui pouvait se
lever en dehors et en dedans. Berthold ordonna à son fils de monter
le premier. Il obéit, quoique malgré
lui , et se tourna constamment vers
son père , jusqu'à ce qu'il fut par-

venu à l'issue. Il attendit son arrivée
dans le creux de l'arbre, et là il crai-
gnit encore pour la chère victime
qu'il venait de sauver. Ce n'est que
lorsqu'il vit sa tête dépasser l'entrée
du souterrain qu'il en sortit, pour
élargir l'ouverture de l'arbre, en coupant avec son épée l'écorce ver-
moulue.

Lorsque Berthold se retrouva sur
la terre, ce beau jardin du créateur,
il ne put soutenir la multiplicité des
sensations qui venaient assaillir à la
fois et son âme et ses sens ; cet air
pur qui venait rafraîchir sa poitrine
desséchée ; ce soleil qui frappait ses
yeux affaiblis par une longue obscurité ; cette vie de la nature, qui
semblait l'avertir de sa propre existence; cet enfant libérateur qu'il ne
croyait plus serrer dans ses bras.....
il n'avait pas assez de force pour

soutenir un bonheur aussi grand et aussi inattendu ; ses jambes se dérobèrent sous lui, et son âme succomba sous le poids de la félicité. Aussitôt Engelbert se jette sur son père, réchauffe de ses larmes et de ses baisers ses joues décolorées, lui frotte les tempes de terre fraîche, et parvient à le rendre une seconde fois à la vie. Ils partent enfin, et Berthold, appuyé sur son cher fils, se hâte d'arriver à l'ermitage, où il va embrasser son épouse désolée. C'est là qu'il tourne toutes ses pensées, et son âme est trop pleine pour songer encore à la vengeance. Mais Engelbert pense à punir les brigands qui ont causé tant de maux à son père. « Marquons, lui dit-il, avec nos épées le chemin qui conduit à cette caverne, afin que nous revenions, accompagnés de nos serviteurs et de nos voisins, surprendre les scélérats dans leur repaire. » De cent à cent pas ils marquèrent un arbre en coupant un morceau de son écorce, et au bout d'une demi-heure ils se trouvèrent à l'entrée de la forêt, d'où Engelbert montra de loin à son père la cellule où il avait laissé sa mère.

Adeline ne s'était pas d'abord aperçue de l'absence de son fils. Les discours consolans de l'ermite avaient détourné son attention. Enfin elle jeta ses regards autour d'elle et dit : « Où est donc Engelbert ? — Il se sera amusé à jouer sur la verdure, ou sera allé se reposer à l'ombre d'un arbre, répondit l'ermite. Adeline s'élance de la cellule avec la vitesse d'un trait, ses regards se portent de tous les côtés; mais elle ne découvre pas son fils. Elle chercha partout dans cette vallée étendue, et ne fut pas plus heureuse ; elle l'appela par son nom d'une voix craintive et avec toute l'anxiété d'une mère, mais il ne répondait pas. Elle courut, en se tordant les mains, jusqu'à la lisière du bois, et cria d'une voix renforcée par son désespoir : Engelbert ! Engelbert ! et elle n'entendit que l'écho qui répétait : Engelbert ! Engelbert ! Alors ses forces l'abandonnent, elle chancelle, elle tombe, elle frappe à coups redoublés son sein maternel, s'arrache les cheveux et se *roule par terre*, comme un malheureux attaqué de frénésie. L'ermite accourt ; tous ses raisonnemens sont inutiles. Pendant une heure entière elle se livre tout entière à un désespoir effrayant ; enfin, épuisée par l'excès de ses souffrances, elle se laisse aller à un assoupissement semblable au sommeil de la mort, que le compa-

tissant vieillard ne voulut pas inter-
rompre, puisqu'il lui ôtait le sentiment de son infortune.

Lorsque, au bout de quelques
heures, cette mère infortunée sortit
de son anéantissement, elle suivit
l'ermite, d'un pas chancelant et les
yeux à moitié fermés, dans sa cellule.
Elle ne parlait pas, ne soupirait point;
elle n'entendait rien. Raimond la
conduisit sur sa couche de feuilles
sèches, et lui présenta de l'eau pour
calmer ses sens agités; mais elle serra
ses dents, et repoussa la main com-
patissante du vieillard.

Dans cet instant Engelbert, tenant son père par le bras, ouvre la
porte de la cellule. Adeline les regarde d'un œil hagard, relève précipitamment la tête, et crie d'une
voix lamentable : « Les voilà tous les
deux, ils viennent pour m'emmener

dans le séjour des morts. Comme le
pauvre Berthold est maigre et pâle !
c'est parce qu'il repose dans la tombe
depuis plus long-temps que son cher
favori ; aimable enfant ! quoique mort
les roses fleurissent encore sur tes
joues. » Berthold se précipita vers
elle : « Adeline, mon Adeline ! je vis,
nous vivons tous les deux ; Engelbert est mon libérateur ! » Engelbert saisit la main glacée de sa mère
et la réchauffa par d'innombrables
baisers. Adeline resta long - temps
dans les bras de son époux et de son
fils, avant que de revenir entièrement à elle ; mais alors un sentiment
unique s'empara de toute son âme ;
et c'était le triomphe de l'amour con-
jugal et de l'amour maternel. Elle
dévora de ses regards son époux et
son fils ; sa bouche ne pouvait que
sourire, tandis que les larmes de fé-

licité ruisselaient sur ses joues. Pour calmer les mouvemens convulsifs de ses nerfs, Berthold lui raconta, avec tous les ménagemens qu'exigeait son état, l'histoire de sa captivité, et il laissa à Engelbert le soin de l'instruire de sa miraculeuse délivrance. Adeline les écoutait les mains jointes, comme si elle eût écouté un envoyé céleste lui annonçant l'Evangile.

L'arrivée d'un pélerin qui demandait une aumóne à ce cercle d'êtres vertueux, interrompit son extase; Adeline lui donna une pièce d'or. Raimond lui demanda d'où il venait. — De Zurich, répondit-il. — Qu'apportez-vous de nouveau? — Oh! bien du nouveau, reprit le pélerin. Avant-hier quatre brigands, travestis en ermites, attaquèrent quatre négocians derrière Lentzbourg. Mais ces voyageurs se défendirent vaillamment, et les tuèrent tous les quatre. — Dieu tout-puissant ! s'écria Berthold, ce sont... et il s'interrompit tout-à-coup. Mais lorsque le pélerin fut parti, il dit a l'ermite : « Ce sont les mêmes assassins qui m'ont tenu en captivité ; ils quittèrent la caverne travestis en ermites, et avaient caché leurs poignards dans les larges manches de leurs robes : vénérable père, ces scélérats possèdent un grand trésor dans leur souterrain, et il n'y a que moi et mon fils qui pourrions le trouver ; conseillez-moi ; que devons-nous faire ? » L'ermite réfléchit quelques instans, puis il dit au chevalier : « Les brigands ont incendié votre castel, et vous ont mis dans les fers ; ils vous appartient par conséquent d'avance sur ce trésor, dont

les véritables propriétaires doivent,
pour la plupart, être morts, autant
qu'il en faut pour reconstruire votre
castel. Vous pouvez partager le reste
en deux parties égales; l'une vous
appartient à titre d'indemnité pour
tout ce que vous avez souffert, et,
si cela vous convient, nous emploi-
rons l'autre à la construction d'une
maison de Dieu, pour y recevoir de
pauvres veuves et des orphelins aban-
donnés. Cela vaudra mieux que de
déclarer ce trésor à l'empereur, qui
le garderait pour lui, le prodiguerait
à ses courtisans, et en paierait ses
soldats. »

Belthold approuva l'avis de l'ermite. Ils vidèrent le lendemain la
caverne des voleurs. Raimond se
chargea de la construction de la
maison de charité; et le chevalier,
accompagné d'Adeline et de son fils,

retourna à Wildeck, où leurs enfans les reçurent avec tous les transports d'une joie innocente. L'année suivante, le jour de la fête de Saint-Pierre, la maison de charité, ainsi que le nouveau castel, furent bénis par le pieux ermite, et ce jour-là Adeline réunit à une même table tous les pauvres du canton.

Berthold fit sculpter au-dessus de la principale porte de son manoir un renard debout au pied d'un grand chêne, et ses neveux racontaient l'histoire de leur aïeul à chaque chevalier qui venait se reposer sous leur toit hospitalier.

USBECK.

CONTE ORIENTAL.

Usbeck était un jeune mollah; l'Yémen était sa patrie. Son esprit tendait vers la sagesse, son cœur brûlait pour la vertu; mais souvent aussi il brûlait du feu sauvage de la colère, dont il ne pouvait que rarement réprimer l'explosion. Ni les tourmens du remords, ni les vœux les plus sincères, ni les prières les plus ferventes, ne pouvaient le préserver des rechutes. Il traitait durement un mendiant qui l'interrompait

dans ses méditations, et lui donnait
au même moment une riche aumône :
l'enfant de sa sœur, qui, en jouant,
l'avait touché au visage avec son
fouet, en reçut un rude soufflet et
une douzaine de baisers avant qu'il
eût le temps de pleurer : un charmant écureuil apprivoisé, qu'il avait
élevé pour son amusement, le mordit
un jour au doigt pendant qu'il lui
donnait une datte. Usbeck lui appliqua un si rude coup sur le museau,
qu'il tomba mort à ses pieds. Il fut
inconsolable de cette action, qu'aucun baiser, aucune aumône ne pouvait réparer; et il résolut d'aller à la
Mecque, source de la grâce, implorer d'Allah le pardon de ses péchés,
et un saint bouclier contre l'ennemi
qu'il portait dans son sein. Muni
du bâton de pélerin, il s'achemina

vers la tombe du prophète, par
l'entremise duquel il espérait la
miséricorde du souverain Être.

Epuisé de fatigue et de soif, il
s'assit, le soir du troisième jour, au
bord d'un petit étang, ombragé par
une double rangée de platanes. Il
sortit de son sac de voyage une tasse
de bois, pour puiser de l'eau dans ce
riant bassin, dont le fond paraissait
pavé de corail des couleurs les plus
variées. Il allait porter avec avidité
la tasse à sa bouche, lorsqu'il aperçut
dans le cristal liquide un petit poisson d'une couleur bleu de saphir,
parsemé d'étoiles d'or. Son ventre
était garni de deux pointes aiguës,
pareilles à celles dont la nature ar-
me les branches de l'aubépine. Usbeck retira vite sa main déjà étendue
pour s'en saisir; ses joues étaient

couvertes du rouge de la honte, et il
dit à demi-voix : « Je serais bien
charmé de te posséder, charmant
petit animal; mais, dans un malheureux moment, tes aiguillons pourraient blesser mes doigts; mon plus
cruel ennemi, la colère, pourrait se
réveiller dans mon sein; tu éprou-
verais le sort de mon pauvre écureuil,
et c'est inutilement que je pleurerais
ta mort comme j'ai pleuré la sienne.»
A ces mots, il vida sa tasse avec le
petit poisson dans l'étang, d'où il
sortit tout-à-coup un génie couvert
d'une robe d'azur parsemée d'étoiles
scintillantes. « Usbeck, lui dit cette
figure céleste, je suis contant de ton
repentir, et ta méfiance en toi-même est le premier pas que tu fais vers
ta conversion. Je suis Ariel, ton ange
gardien, et je suis descendu de la

troisième région pour t'offrir mon assistance. Parle , que puis-je faire pour toi ? »

Le mollah toucha trois fois la terre de son front, et dit : « Seigneur, tu connais mon cœur, ainsi que le démon qui le domine. La colère bouillonne dans mon sein, et je ne puis résister à son impétuosité. Aide-moi à me délivrer de ce fils du péché, et détruis le trône qu'il s'est élevé en moi. » Le génie toucha d'un doigt de rose la poitrine du pélerin, et disparut. Usbeck se sentit comme métamorphosé ; le frisson de la fièvre s'empara de tout son être, et le feu dévorant qui avait jusqu'alors circulé dans ses veines, se convertit en glace. J'ai atteint le but de mon pélerinage, pensa le mollah en lui-même ; Allah m'a prouvé qu'éloigné

même du tombeau de son prophète,
il est toujours tout-puissant. Il retourna satisfait dans sa demeure. Là
il s'aperçut qu'un grand changement
s'était opéré en lui. Il pouvait bien
tout voir, tout supporter, mais son
cœur n'éprouvait plus de sensation à
la vue du malheureux. La sainte ambition de la vertu était morte en lui,
et l'ardente sympathie de l'amitié ne
faisait plus vibrer ses fibres relâchées.
Il lui restait cependant encore assez
de forces pour sentir sa situation, et
pour se mettre en route vers l'étang
où l'envoyé du ciel lui était apparu.

Epuisé, en proie à la mélancolie,
il employa neuf jours à faire une
route qu'il avait précédemment par-
courue en trois. Près de succomber
à un morne engourdissement, il s'assit à cette sainte place, et se mit à

pleurer. Alors son génie tutélaire le
vint trouver de nouveau, et lui dit
ces mots d'un ton doux et amical :
« Usbeck, ne t'ai-je pas accordé ce
que tu avais désiré?—Oui, seigneur,
répondit le mollah; mais si j'ai été
délivré de ma passion dominante,
j'ai perdu en même temps la chaleur,
l'énergie de mon âme. — Je le savais bien, reprit le génie; l'insensi-
bilité n'est point une vertu; mais la
sensibilité du cœur est un don de la
Divinité. » L'ange la lui rendit par un
souffle. Usbeck se précipita le front
contre terre, et dit dans l'ivresse
d'un pieux enthousiasme : « Je sens,
Seigneur, que je suis redevenu ce
que j'ai été. Sois béni, serviteur du
Tout-Puissant, pour m'avoir épargné
la punition que méritait ma folie;
mais dis-moi, comment pourrai-je
vaincre mon ennemi intérieur? —

Déjà un nuage de pourpre avait dé-
robé le séraphin à ses regards; mais
il trouva à ses pieds un amulette,
sur lequel était écrit en caractères
d'or : *Il n'y a pas de victoire sans
combat.*

HÉSIR ET JÉDIDA.

SALOMON, fils de David, s'était établi dans la maison qu'il avait fait bâtir dans la vallée de Hermon; et cette maison était située dans une forêt où se trouvaient tous les arbres et toutes les plantes de la terre, que ce roi avait fait venir des pays lointains.

Mais il arriva que Salomon sortit un jour au lever du soleil, pour aller dans la forêt. Il s'était fait accompagner de deux jeunes serviteurs, pour qu'ils notassent sur leurs tablettes tout ce qu'il leur dirait, afin qu'il pût ensuite le consigner dans le livre où il parlait de toutes les productions de la terre, depuis le cèdre qui croît sur le mont Liban, jusqu'à l'hysope qui s'élance des crevasses des rochers.

Le roi se promenant ainsi dans la forêt, voilà qu'il aperçoit une jeune fille qui abreuvait ses chèvres à une fontaine. Et en s'approchant d'elle, il la considéra, et elle charma ses yeux, car elle était accorte et belle; ses yeux étaient brillans comme les étoiles du firmament, ses lèvres vermeilles comme le corail, et ses cheveux, d'un noir d'ébène, tombaient ondoyans sur ses épaules.

Et le roi lui dit : « Je te salue, aimable vierge; comment t'appelles-tu? » Et la jeune fille tomba la face contre terre et adora : « Jédida est le nom de ta servante, » dit-elle, et ses joues devinrent rouges comme une grenade ; elle baissa les yeux, car elle n'osa considérer la face de son souverain.

Mais le roi, qui voyait avec plaisir la jeune vierge, lui dit : « Relève-toi, belle Jédida, car tu as trouvé grâce à mes yeux. » Et la fille obéit et voulut cacher son visage. Mais Salomon ôta le voile de son front, et lui dit : « Ne te cache point devant ton roi, car il t'aime, et veut t'admettre au nombre des femmes de son palais. »

Là-dessus la jeune fille resta muette et se mit à trembler de tous ses membres. Mais le roi dit à ses jeunes serviteurs : « Soutenez-la sous les bras, et conduisez-la, car elle est modeste et craintive, et mes paroles l'ont troublée. »

Les jeunes serviteurs obéirent,

et la conduisirent à la maison de
campagne, où ils la remirent au gardien des femmes du roi. Alors le
gardien ordonna aux servantes de la
mettre dans un bain odoriférant, de
parfumer ses cheveux, et de la re-
vêtir d'une robe de lin tissue en Égyp-
te. Mais Jédida ressemblait à un
agneau que l'on conduisait au sacri-
fice; son cœur tressaillait sous la
main des servantes, et elle ferma
les yeux pour ne pas voir son magnifique vêtement.

Le lendemain on vint dire au roi :
« Jédida, la belle bergère, a passé
la nuit dans les larmes; elle ne veut
ni boire ni manger, et elle est toute
défigurée par le chagrin. »

Alors le roi fit appeler Jédida, et
lui dit avec bonté : « Qu'as-tu, ma
colombe ? pourquoi les larmes ont-
elles rougi tes yeux et décoloré tes

joues? » Mais Jédida tomba la face
contre terre en poussant des san-
glots. Et Salomon lui dit : « Que de-
mandes-tu de moi? que le Seigneur
me punisse si je ne te l'accorde. » A ces
mots la vierge éleva avec confiance
ses regards vers le roi , et dit : « Ah ,
seigneur ! je suis la fiancée d'Hésir ,
ton jardinier. »

Alors le cœur du roi s'attendrit ;
il la releva en disant : « Lève-toi ,
je suis loin de vouloir prendre pour
femme la fiancée de mon serviteur.
Va dans ta chambre jusqu'à ce que
je te fasse appeler. »

Le roi envoya de suite vers Hésir
un messager qui lui dit : « Le roi te
demande, suis-moi, afin que tu ap-
prennes sa volonté. »

Et Hésir suivit le messager , et se
présenta au roi tel qu'un homme
qui sait braver la mort ; il ne fit au-

cune attention aux princes et aux hommes puissans qui entouraient son trône; car depuis le jour où il avait perdu Jédida, la vie était devenue pour lui un tourment. Salomon lui dit : « Est-il vrai, Hésir, que Jédida, la bergère, soit ta fiancée ? — Et Hésir baissa les yeux vers la terre, et dit en soupirant : « Elle l'est. »

Mais Salomon, qui voulait tenter le jeune homme, lui dit : « Écoute, Hésir, je te donnerai un quintal d'argent si tu veux renoncer à Jédida, car j'aime cette bergère, et veux l'élever au nombre de mes femmes. »

Lors Hésir éleva la voix et dit : « Tu peux me faire mourir, mais tu ne saurais arracher Jédida de mon cœur. »

Et ces paroles plurent au roi, qui dit à un de ses officiers : « Va chercher Jédida la bergère; » et l'officier obéit.

Mais lorsqu'en entrant Jédida vit son fiancé, son visage devint rayonnant comme celui d'un ange, et elle ne regarda ni le roi ni les puissans de la cour, mais elle étendit ses bras vers le jeune homme.

Et Salomon dit à Hésir : Emmène ta fiancée, elle sort pure de mes mains; je me charge de tes noces, et te donnerai pour dot le quintal d'argent pour lequel je voulais l'acheter de toi. Hésir et Jédida se jetèrent aux pieds de Salomon, baisèrent la lisière de sa robe, et mouillèrent ses pieds de leurs larmes.

Et ils s'en allèrent vers leur cabane le cœur rempli de joie, et leurs bouches ne cessèrent de prononcer des bénédictions.

Mais Salomon fit ainsi qu'il l'avait

dit ; et lorsque ses courtisans exal-
tèrent sa bonté, il leur répondit :
Celui qui sait se vaincre soi-même
est plus fort que celui qui renverse
des villes.

FIN DU QUATRIÈME VOLUME.

www.ingramcontent.com/pod-product-compliance
Lightning Source LLC
Chambersburg PA
CBHW070512030726
47503CB00004B/1247